貴族の子弟を
注意したせいで
国から追放されたので、
仕事の引継ぎをお願いしますね。
ええ、ドラゴンや古代ゴーレムが
湧いたりする、
ただの**下水道掃除**です

ただの門番、実は最強だと気づかない

01

今慈ムジナ
|ill.| 竹花ノート

contents

序章　ただの門番、王都を追放される　003

一章　ただの門番、自分の強さに気づかない　016

二章　ただの門番、邪悪な精霊王を倒したことに気づかない　076

三章　ただの門番、超古代兵器を破壊したことに気づかない　146

四章　ただの門番、女将が女神だと気づかない　228

五章　ただの門番、やっぱり気づかない　287

終章　新たなる勘違いのはじまり　324

あとがき　332

序章　ただの門番、王都を追放される

「ようこそ、王都グレンディーアへ！」

山のような城門を抜けた先で、門番の声がひびく。

大昔、勇者と魔王が激戦を繰りひろげた大地は、今や王都となっていた。

王都グレンディーアは近々建国３００周年記念がおこなわれる。

国中が活気にあふれ、荷馬車がひっきりなしに行きかう。商店が建ちならぶ大通りは花が咲きみだれていて、街ゆく人の表情も明るかった。

さて、俺はこの華やかな王都でいったいどんな人物だと思う？

白銀の鎧に身をまとった近衛兵。威風堂々とした冒険者。

豪奢《ごうしゃ》な貴族。知的な学者。平和を謳歌《おうか》している町民たち。

俺は、そのどれでもなかった。

「ようこそ、王都グレンディーアへ！」

ご理解いただけただろうか。

ここだ。城門近く、他の一般兵士にまぎれているやつ。

やっっっすい鎧を着ているのが俺だ。

「ようこそ、王都グレンディーアへ！」

俺は街をおとずれた人に元気よく挨拶するがスルーされる。

門番にとって、よくある日常だ。

俺はどこにでもいる門番だった。

しかしただの門番だと侮ることなかれ、ベスト・オブ・門番賞をさずかったこともある。

ちなみに門番として優秀だからじゃなくて、モブキャラすぎるからが理由だ。

『お前ほどモブキャラっぽいやつ、他にいねーよ』

『モブ臭はんぱねー』

『こんな全然印象にのこらないやつ、初めて見た』

同僚の兵士たちは、そんな俺を讃《たた》えるために賞を進呈したのだ。

……果物とトロフィー付きで。なめとんのか。

憤慨《ふんがい》したのだが、俺があんまりにも印象に残らないモブすぎたせいで、やつらはベスト・オブ・門番賞を進呈したこともすっかり忘れていた。

なんかもう諦めていた。

ぶっちゃけ、モブすぎる特徴は自分がよくわかっている。

わずか数十名たらずの田舎村にいた頃も、村人から存在を忘れられる始末。

そんな自分を変えようと成人してすぐ、華やかな大都会にやってきたのだが。

「ようこそ、王都グレンディーアへ！」

俺の声は虚しくひびく。

華麗な花畑の中にある小石など、誰も気に留めないのは道理すぎた。

王都グレンディーアに来て、早3年。

俺はすっかり背景と化していた。

「ようこそ、王都グレンディーアへ！」

こればっかりな俺の台詞は板につきまくっている。

ただ最近は門番としての誇りができたのか、以前より苦ではなくなった。

モブっぽい、印象に残らないことは門番に最適だ。

話しかけられやすくもあるから道に迷った人は助かるし、警戒もされにくいから悪人は俺の前では油断しやすいわけだ。

「ようこそ、王都グレンディーアへ！」

俺はこうして、ひとしれず国を守る。

そんなふうに門番の道を極めるのも良いかもしれないな……。

「――どこみて歩いてやがるっ、クソガキ！」

男の怒鳴り声だ。

事件かと、大通りに目をやる。

そこでは、3人組の冒険者が小さな男の子と揉めていた。

剣士の男。魔法使いの少女。大盾の男がいる。

どうやら剣士の男が、男の子にからんでいるようだ。

「おいっ！　オレの服がお前のジュースでベタベタじゃねーか！」

「ご、ごめんなさい……」

「ごめんじゃねーの！　謝ってすむかボケ！　どこに目をつけて歩いてんだ？　お前の親どこよ？

土下座させてやるからよ！」

男の子は萎縮している。

剣士の男の隣で、魔法使いの少女が煽《あお》るように笑った。

「キャハハ、ケビンー？　土下座しても許さないんでしょー？」

「はっ、当たり前だろ！　土下座は礼儀だ礼儀！　許すかどーかは、そっからだな！」

ガラの悪い冒険者だな。子供相手に大人気ない。

ここは門番として注意してやらねば。

彼らのところに歩んでいくと、同僚の兵士が「やめとけ、あいつらは――」と制止しかけたが、俺はかまわずに注意してやることにした。

「ようこそ、王都グレンディーアへ！」

いかん。ずっと同じ台詞だったから、はずみで言ってしまった。

ガラの悪い冒険者たちは俺の台詞にいぶかしんでいる。

ケビンと呼ばれていた男は特に眉をひそめた。

「なんだあ？　このモブ臭やっべー兵士」

初見でモブ扱い……慣れているけども。

「君たち、子供相手に大人気ないぞ」

「はーあ？　あのさ。このガキは、俺の大事な服にジュースをぶっかけたわけ。お前の給料よりたけー服なんだぞ」

「悪気があったわけじゃないだろう」

「悪気がなきゃいいのかよ？　だいたい子供をしつけるのは大人の役目だろーが」

「親を呼んで土下座までさせるのはやりすぎだ」

俺が厳しめの声で言うと、ケビンはムッと唇をとがらせた。

すると大盾の男が、俺の正面に無言で立ってきた。まるでケビンを守るように。

魔法使いの少女は、ニタニタと薄気味悪く笑っている。

「おにーさん？　いいのー？　どーなってもしらないよー？」

「？　いいも何も、これが俺の仕事だ。黙っているわけにはいかない」

「キャハハ、そーなんだ。大変だねー？」

これからお前はもっと大変な目にあうぞ。

少女のそんな笑みに俺がたじろいでいると、ケビンがほくそ笑んだ。

「なあ、モブ兵士さんよ。オレたち冒険者パーティー『悠久《ゆうきゅう》の翼』を知らねーのか？」

「知らん。それは俺が注意しない理由にはならないだろ」

ケビンが不快そうに目をつりあげた。

標的が俺に変わったのを感じたので、俺は男の子に「行きなさい」とうながして、ここから逃がしてあげる。

そんな俺の行動が気に食わないのか、ケビンが仲間に目配せした。

大盾の男が威嚇《いかく》するよう仁王立ちし、魔法使いの少女はニタニタ笑う。

兵士への挑発行為だ。もはや見逃せん。きちんとお説教をしなければ。

「君たち、ちょっと屯所《とんしょ》まで来てもらおうか」

「いいぜ？　お前んとこの上司とじっーくり話そうじゃねぇか」


屯所の応接間。

お偉い人しか利用できない部屋で、俺の上司がぺこぺこと謝っていた。

「まっっっっことに申し訳ありませんでした!!!!!!!!!!」

ケビンはソファでふんぞりかえり、魔法使いの少女はゲラゲラと笑っている。大盾の男は無言で壁際に立っていたが。

ケビンがまるで己の下僕かのように兵士長を問いつめる。

「なあ、おたくの教育どーなってんの？　オレさ、ガキにジュースぶっかけられたのに、こいつはオレが悪いとか注意したんだけど？」

「申し訳ありません！　わたくしの教育不足でした！」

「お前の謝罪になんの価値もねーよ」

信じられない光景に、俺は呆然と立ち尽くしていた。

ケビンは勝ちほこった笑みでいる。

「はんっ、こんな程度の低い兵士がいたら、親父も気苦労が絶えねーだろうな」

唖然《あぜん》としていた俺に、魔法使いの少女は「だから言ったのにねー？」と笑っていた。

このケビン。シャール公爵《こうしゃく》の子弟らしい。

シャール公爵は、国の治安部隊をまとめている大貴族。

つまりこいつは俺の一番偉い上司の息子になるわけだ。

息子が冒険者だと聞いたことがある。過保護なシャール公爵の威を借りまくった、最悪な人間だとも聞いていたが……。

「で？　モブくせー兵士さんよ。オレはあんたの謝罪を聞きてーんだが？」

「……俺は子供を恫喝するから注意しただけだ」

「はあ？　オレに謝る気ねーのかよ」

「ああ」

俺は何も間違っていないと胸をはるが、代わりに兵士長が頭を下げた。

「ほんとうにほんとうに、申し訳ありませんでした！」

「……ま、おたくの部下が仕事をしたって言うのならそれでいいんだけど？　この教育の悪さは親父に伝えておくしかねーなあ」

兵士長はビクリと肩をふるわした。

「おい、わかりやすい処分があんだろ。な？」

兵士長は青ざめながら、俺を申し訳なさそうに見つめてきた。

くそう……。兵士長、子供が生まれたばかりなんだよな……。

俺は拳を握りしめながら、兵士長に目で『かまいませんよ』と伝えた。

兵士長は唇を噛んでから、弱々しくつぶやく。

「こいつを……クビにします……」

ケビンはぶひっと笑った。

魔法使いの少女が追い打ちをかけるようにゲラゲラと笑い、大盾の男は興味なんてないように無言でいた。

俺は怒鳴りたい気持ちを必死で堪えた。

田舎を出てからずっと、兵士長にはお世話になった。迷惑をかけられない。

「ブハハッ！　モブ兵士さん、お勤めごくろーさん！」

ケビンはついに腹を抱えて笑い出した。

縄で縛って川に沈めたい怒りを抑えつつ、俺は兵士長に告げる。

「兵士長……今までお世話になりました……」

「うん……」

「仕事の引き継ぎなのですが……。下水道でモンスターが湧きやすくなっているので、俺の代わりを誰か送ってくださいね……」

俺の言葉に、ケビンがめざとく反応した。

「何お前？　くっさい下水でモンスター退治してたの？」

「やめたげなよケビンー。キャハハー」

ブチ切れそうになるも俺は耐えた。

やつらの傲慢《ごうまん》っぷりに、兵士長が怒りで拳をふるわせていたのに気づいたからだ。

「王都の治安維持は私らの仕事です……。下水道のモンスター退治は冒険者はやりたがりませんので……兵士が代わりにやっとります。こいつは……一番汚い場所を率先してやっていたやつで……」

「はー、下っ端は大変だな？」

「…………仕事ですので。…………ただ、嫌がる仕事を代わりにやる者はそう見つかりません。こいつは仕事熱心なやつで」

「あー、いいぜいいぜ。下水道で雑魚モンスターが湧いたら、オレたちが退治してやる。冒険者パーティー『悠久の翼』が、くっさい仕事をやってやるんだ。兵士長さんラッキーだったな？」

ケビンは親指で首を切るジェスチャーをしながら言った。

「お前は大人しくクビになってやがれ」

とっくに我慢の限界は超えていた。

兵士の責務を忘れて殴りつけたかったが、兵士長がオレの仕事っぷりを見ていてくれたことが支えとなって、どうにか理性を保っていられた。

「おにーさん。次の仕事、見つかるといいねー？」

魔法使いの少女は嘲るように言ったが、俺をただ馬鹿にしただけと思った。

すぐに、言葉の意味を味わうことになる。


一週間後、俺は王都を出るはめになった。

ケビンが俺のことを親に伝えたらしく、大貴族に睨《にら》まれたくないと、王都での就職先が見つからなかったのだ。

ご丁寧に、流れ者すら雇う冒険者ギルドでも門前払いだ。

王都に住んで早3年。

名前も顔もろくに覚えてもらえないまま門番としてがんばってきたが、門番としての居場所すらなくなってしまい、もう街を去るしかなかった。

退職金代わりに、安い剣と鎧はもらったが。

それと、特殊な腰カバン。

見た目より物が入るカバンで圧縮魔術が施されたもの。

相当高価なものだが、兵士長がこっそりと渡してくれた。

『これぐらいしかできないが……。真面目なお前ならどこでも上手くやれるよ。天然属性は……ほどほどにな』

そう励ましてもくれた。俺には天然属性などないが。

とにもかくにも、着の身着のまま旅立つには便利なカバンだ。

旅が楽になるだろう。

その前にと、俺は下水道でモンスターを狩っていた。

すぐには後任者が見つからないだろうと考えて、下水道のモンスターを大掃除しにきたのだ。

しかしいつものことながら、流石王都の下水道。

モンスターの湧きがバリエーション豊富だ。

牛頭のモンスターや、獅子に翼が生えたモンスターや、霧のモンスターなどなどたくさん湧いている。モンスターに詳しくないので名前はよく知らんが。

ズバシュズバシュ、とモンスターを狩りつづける。

そして、100体目のモンスターを斬りふせた。

ドドーンと全長数十メートルの蛇が倒れて、黒い煙を漏らしながら徐々に消えていく。

「こんなもんでいいかな……？」

下水道の巡回を任されたばかりの頃は、一匹倒すだけでも苦労していたが、今ではちょっと苦労するぐらいだ。成長を感じる。

ちょっと湧きすぎ・強すぎとは思い、下水道のモンスターについて同僚に報告はしていた。

『下水道のモンスターに苦戦するやつはいねーよ。おおげさ』

『どーしても倒せなかったときは手伝うけどさー』

『そんなんじゃ、王都の兵士をやってけねーぞ？』

流石王都の兵士、猛者《もさ》ばかりだ。

下水道のモンスターを雑魚と言いきった、あの死ぬほどムカつくケビンたちでも楽々倒すのだろうな。

まあ、俺の王都での仕事はこれで終わりか。

他の街に仕事を探しに行こう。


できれば、今度は、誰かに名前や顔を覚えてもらえたらいいなあ。

一章　ただの門番、自分の強さに気づかない

春先の温かい日差しを浴びながら、俺は街道を歩いていた。

王都で仕事を望めないのなら他で探すしかない。別大陸に行くにしても先々のことを考えればお財布事情は心もとない。

ひとまず王都から離れた村で稼ごう。

「……仕事あるかなあ」

遠方ならまだあるかもしれない。

王都より西側はグレンディーア王国の領地がつづくので、根無し草の冒険者稼業をやりたくても、ケビンの野郎が手を回しているのでたぶん無理だ。

北の山脈を越えれば、獣人が多く住まうダビン共和国。

あそこは大荒野で、獣人のように屈強でなければ住むにはキツイと聞く。

東に進んでいけば、エルフが住まうパルバリー神聖国。

あそこは大森林で、自然と精霊に愛されなければ住めないと聞いている。

そして南は大海だが、今のところ別大陸まで行く気はない。

「……手に職を持っていれば良かったな」

悔やんだところで何も変わらない。行動だ。

ひとまず国境付近の村を目指していくと、前方が騒がしくなる。

「なんだ？」

旅人や商人たちが、橋の前で立ち往生している。

向こう岸に誰も渡ろうとしないので、俺は人垣の後ろからいったいなんだと確かめた。

橋のど真ん中に、女武芸者が立っていた。

「はっーはっはっ！　わたしに挑む者はおらんのか！　この大陸は腑抜け者ばかりだな！　まったく、これでは修行にならんではないか！」

黒髪の女の子。歳は10代後半ぐらいか。

着物姿の可愛い子で網カゴを背負っている。カゴには大量の武器が収まっていた。

倭族《わぞく》だ。はるか東の島国に住まう民族で、戦闘民族とも聞く。

どうやら倭族の女の子が、橋で通せんぼしているようだった。

俺の前で、旅人たちがコソコソと話している。

「あの子何をしてんだ？」

「倭族の武芸者が腕試しだとさ。女子供に関係なく、手当たり次第に喧嘩を売るから、だーれも近づけないんだよ」

「なんで女子供まで？」

「……『臨戦中のわたしに近づくからには、きっと強いのだろう』だと」

「……あの子、バカなのか？」

「春先だもんなあ」

春先だもんなあ。厄介な子が湧いたものだ。

俺が迂回しようとすると、旅人がふりむいた。

「ん？　そのナリ……衛兵さん？」

「いや、俺は……」

「ちょうどよかった。あの子をなんとかしてくださいよ」

「ま、待ってくれ、俺は……」

「言ってわからんやつには国家権力です。さあ存分に見せつけてやってください」

元国家権力であって、今は名もなき旅人なのだが。

そう言おうとしたが、彼らに期待の眼差しで見つめられてしまう。まあ心意気まで失ったわけではないかと、倭族の女の子を言い聞かせるために俺は歩んでいった。

「ほう！　お前が次の挑戦者か！」

倭族の女の子は嬉しそうに言った。

間近でみると、すごく可愛い子だ。倭族のお姫様と言われたら信じるかもしれない。

でもなんだろう。どこかおバカっぽい。

「…………お前、なんだかモブっぽいな」

「よく言われるよ」

「む？　わたしが侮辱したのに怒らないのか？　気骨のないやつめ」

「お互いに失礼なことを思ったわけだから、まあいいさ」

「？」

あどけない表情で首をかしげた少女は、まだまだ幼く見えた。

非常識な子だが、まだ常識が残っていそうだと、俺は説得にかかる。

「君さ。修行中らしいけど、何も往来のど真ん中でやらなくてもいいだろう」

「ふふっ、人が多ければその分強いやつが集まる。道理だ！」

「道理だと得意げな顔で言われても……。しかも戦えない女子供に喧嘩を売らなくてもいいじゃないか。みんな迷惑しているぞ」

「倭族は女子供でも武器を持つし、みな戦えるが？」

倭族どーなってんだ。仕事に困っても東の島国は絶対に行かないでおこう。

すると、女の子が腰のカタナを抜いた。

カタナは倭族の武器だ。よく切れるらしい。

「なんでカタナを抜いたんだ……？」

「わかっている。わかっているぞ。説得するとみせかけて、不意打ちを狙っているんだろう？　わたしは騙されんぞ。なぜならわたしは、鍛え抜かれたモノノフだからな！」

「君、やっぱりバカだろ⁉」

「バカ⁉　わたしの心構えをバカだと⁉　しかもやっぱりとはなんだ⁉」

やっべ！　言わずにはいられなかった！

女の子は沸点がかなり低いのか、怒り顔でカタナを構えてくる。

「狡噛《こうがみ》流が末席、狡噛サクラノ！　お前の安そうな武器も奪ってくれるわ！」

その網カゴの武器は奪ったものか!?

サクラノと名乗った女の子から、ピリピリした剣気が伝わってくる。

俺もなんとかそれっぽい台詞で応えようとした。

「ぶ、武器をたくさん持っているようだが、ちゃんと装備をしないと意味がないぞ！」

「なんだそのモブっぽい台詞は！　バカにしているのか！」

サクラノがダンッと踏みこんだ。

「狡噛流！　下噛み！」

俺の鎧を斬り裂かんと、下段斬りが襲いかかる。

ひょいと、俺は一歩下がって避けた。

っと危ないなー。

「なっ!?　こ、狡噛流！　噛みしぐれ！」

今度は牙のような軌跡を描いた乱撃だ。

俺は、ちょいちょい、ちょいちょいー、と体をふって避けてやる。

下水道に湧くスライムが、だいたいこんな乱撃をしてくるんだよな。

最初は動きに慣れなくてボコボコにされまくったものだ。顔を腫らした俺を、誰も気にしてくれなかったなあ。

「はあ……でもよかった。全然たいしたことない相手で」

俺は口を滑らしてしまう。

「た、たいしたことがないだと!?」

「あ……いやっ」

「狡噛流に生を受けて16年！　一度たりとも鍛錬を忘れなかった、このわたしが、たいしたことがないと!?」

俺は口を閉じたが、サクラノはわかりやすく殺気を放ってくる。

ガチの戦闘をやる気だな？

ビュンビュンと加速してきた少女の斬撃を、俺は避けつづけた。

「貴様！　そのモブっぽさは、やはりわたしを油断させるためのものか！」

「そもそも戦う気がないんだが……」

「やかましい！　油断ならぬやつめ！　次の一撃で決めてやる！」

サクラノは腰を落として深く構えた。

妙な気配に、俺はわずかに片眉をあげる。

「狡噛流！　脇砕き！」

二連撃。しかも左右同時に襲いかかってくるような高速の斬撃《ざんげき》に、俺は驚いた。

この攻撃、下水道の蟹モンスターと似ているなあ。

あの蟹ばさみには全然慣れなくて戸惑ったものだ。

王都の思い出をふりかえりつつ、俺はカタナの斬撃ではなくて攻撃の起点——サクラノの手を蹴り飛ばして、カタナを空中に跳ねあげた。

「え？」

サクラノは空手《からて》のまま立ち尽くした。

カタナがガランッと地面に落ち、そこで敗北を悟ったようで少女は膝をつく。

「まさか……わたしが負けたのか……？　こんなにもアッサリ……？」

サクラノは俺の顔をまじまじと見つめてくる。

これが現実なのかわからないといった表情だ。

わかる。若者が身の丈を知ったとき、すぐには現実を受け止められないものだ。

俺も王都に住んで自分がパッとしない人間だと認めるのに、3ヵ月はかかった。

「な、なあ……貴殿。モブっぽいようだが、実は名のあるお方なのだろう？」

「いや、ただの門番だ」

元門番だが。

「嘘だ!?　ホントは軍を束ねる猛将《もうしょう》なのであろう!?」

サクラノは懇願するように言った。

俺はコホンと咳払いしてから、わかりやすく証明してやる。

「——ようこそ、王都グレンディーアへ！」

「なっ!?　その板についた台詞っぷりは……！」

俺の門番台詞に、サクラノは愕然《がくぜん》とした様子でうなだれてしまう。

「わ、わたしの技は……。先代から受け継がれし狡噛流は……ただの門番に敗れたのか？」

なんか気の毒になってきたな……。

どうしたものかなあ、周りに迷惑をかけていたのは確かだし。

と、サクラノがボロボロと泣きはじめてしまう。

「な、何も泣かなくても……」

「うう～……うえーーーーーーーーん！」

「お、おいおい……」

ワンワンと泣いたサクラノに、旅人が集まってきた。

「どったのどったのー？」

「よーわからんかったが、お嬢ちゃん負けたみたいやなあ」

「あー、負けたら悔しいもんな。ほれ、リンゴあげるから泣きやみな」

サクラノの手に、リンゴがぽてんと受け渡される。

旅人に優しくされ、彼女はさらに大声で泣きはじめた。

「うえええん～……！　ありがどう～～～～……！」

人の優しさが身に染みたようで、サクラノは子供みたいに泣いた。

どうやら一件落着のようで、周りの人たちは彼女を許す気らしい。

なら、衛兵に突き出さなくてもいいか。

あとはだが……うーん……。身の丈を知るのは良いことだと思うが、今までのがんばり全部を否定されるのは可哀そうだ。

この子はまだ若いのだしと、俺はサクラノの前で膝をついて視線を合わせる。

「俺は確かに門番だけどさ、実は結構鍛えていたんだよ」

王都の下水道で、雑魚モンスターが湧くところでだが。

まあ苦労したのは本当だ。嘘じゃない。ただ王都では下水道のモンスターを倒せる人間が他にもいることは……黙っていよう。

「ホントか……？」

サクラノは泣きやみ、俺をじっと見つめてくる。

俺は微笑みながら頷いた。

「ああ。人知れず鍛えていたんだ。いーっぱい努力した」

「そうでしたか……やはり。あの動き、ただ者ではないと思ったのです」

急に敬語だな？

「だからさ、気に病むことはないって。君はまだまだこれから強くなるよ。うん」

「はい！　師匠がそう言うのならば！」

サクラノは笑顔でそう答えた。

師匠？　誰のことだ？

翌日。


街道沿いにあった宿屋のベッドで目覚めた俺は、剣と鎧がないことに気づいた。

泥棒かと思ったが、売っても金にならないボロ装備だ。リスクを背負って盗むわけがない。

俺は疑問に思いながら、宿屋の廊下にでる。

廊下の隅っこで、サクラノが俺の装備を持って立っていた。

サクラノは俺と目が合うなり、首をかしげる。

「…………………？　ぁ」

彼女はしばらくしてから俺と気づいたようだ。

「おはようございます！　師匠！」

「……おはよう。なんで廊下に立っているんだ？」

「弟子は師匠より先に起床し、目覚めを待つものですから！」

愛らしい笑顔でそう言うが、最初俺とわからなかったくせに。

ま、俺の印象は薄いから仕方ないか。

「なあ。その師匠呼び、まだつづけるのか？」

「師匠は師匠です！」

「俺、ただの門番なんだがなあ……」

「それではわたしは師匠の初弟子というわけですね！　光栄です！」

昨日、彼女を負かしてからずーっとこの調子だ。

サクラノは俺を超強い兵士だと勘違いしたようで付きまとってきた。

邪険に扱うのは可哀そうだと突っぱねることはしなかったが、流石に疲れてくる。

「師匠！　こちら師匠の装備です！」

「あ、ああ……ありがと。なんで俺の装備を持ってんのかわからないけど」

サクラノから剣と鎧を受けとる。……うっ。

「装備が生温かい……」

「わたしが人肌で温めておきました‼」

「えっ、なんでさ……？」

俺が多少ひいていると、サクラノは照れながら答えた。

「倭族には主君のお召しものを懐で温めて、忠誠心を示すしきたりがあるのです！　師匠にはわたしの忠誠心を知っていただこうと、さっきまで温めておりました！」

「……忠誠心は十分伝わったから、もう二度としないでね」

「……もしかして余計な心遣いでしたか？」

サクラノが寂しそうに眉をひそめた。

「い、いや、温かい。実に温かいぞ。う、うん、春先だから余計にヌクヌクする……」

「ですか！　なら良かったです！」

サクラノは嬉しそうに微笑んだ。

彼女は獣人じゃないが、なぜか犬耳や犬の尻尾が生えていそうな気がした。とんでもない子に懐かれたな。あのとき橋を迂回すればよかったと後悔する。

他の宿泊客の会話が聞こえてきた。

「ア、アイツ、あんな可愛い子に自分の武器や鎧を温めさせていたらしいぞ」

「どんな変態プレイなんだよ……」

「モブみてーな野郎のくせに、業の深いやつだぜ」

ぐっ、思いっきり誤解されている！

サクラノはぶっとんだ行動に目がいくが、それでも美少女だ。悪目立ちもするか。

あまり騒がれたくもないし、やっぱりこの宿屋で別れよう。

俺はきっぱりとそう告げようとして、サクラノの武器がカタナだけなのに気づく。

「あれ？　サクラノ、武器はカタナだけ⁉」

「野試合での戦利品はすべて商人に売りました」

「そうなの……？」

「はい！　師匠の旅のお役にたてればと思い！　路銀に変えました！」

笑顔でぺかーと言い放ったサクラノに、俺は絆《ほだ》されかける。

旅のお供がいたら色々折半できるし、路銀はすごく助かる。いまだ仕事先が見つかってもいないし、いっそサクラノを弟子にすれば……。

いや、いかんぞ。俺は武芸者などではない、ただの元門番なのだ。

彼女の未来を思えばこそ、断るべきだ。

「なあ、サクラノ。俺以外に師匠を持つ気はないのか？」

「師匠以上に強い人を見たことがありません。わたしは狡噛流の末席ではありますが、強くありたいという志は他の門徒と同じです。目指すべき目標があればこそ、お側にいたいのです」

「王都に行ったことは？」

「ありません」

「……今までどこで武者修行をしていたんだ？」

「南部港です。長い船旅でやってきたもので、この国の生活に慣れながら武芸者を襲ってました」

南部はずっと内乱もなかったし、平和な場所だ。

そこにいる武芸者なんて、たぶん強くないだろうから、サクラノは連戦連勝したのだろう。

このまま彼女が王都の強い兵士を前にして、辛い現実を知れば……。

俺は、サクラノが子供みたいに泣いた姿を思い出した。

うーんと、俺は深く深く考えこむ。

……お節介かなあ。……余計なお世話な気がする。

「それで師匠、そのぅ……。実は、狡噛流は超武闘派集団でありまして……」

…………どーしたものか。

「一人一人が一騎当千《いっきとうせん》……も、もちろん、し、師匠に比べればたいしたことありません。あ、あと、狡噛流を迎えいれた者は城を手に入れたに等しいと、倭族で言われまして……。でもちょっと、血の気の多さから……な、何かと厄介ごともあるかとー……」

遠路はるばる王都までやってきて、現実を知って挫折するのは……俺だけでいい。

少しずつ世界の広さを知るのも、悪くないと思うんだ。

「師匠？」

……っと、考えこんでいたので話を聞いていなかった。

どういった話だったか聞きかえすように、サクラノの瞳をまっすぐに見つめる。

彼女はおそるおそるたずねてきた。

「わたし、狡噛流ですが、大丈夫でしょうか……？」

「？　サクラノはサクラノだろう」

狡噛流が何かよくわからんが。

「っ……」

「まあ、しばらく一緒に旅をするか」

「は、はいっ……！　師匠！　よろしくお願いします！」

サクラノは花のように微笑んだ。

俺が師匠であることは絶対のようだ。仕方ない。元門番に何ができるかわからないが、俺ができる範囲で手助けしよう。

こうして、俺に弟子ができた。

王都から離れて、俺とサクラノは東の大森林近くまでやってきた。

さらに東に行けばパルバリー神聖国があるが、俺たちが向かうことはない。専用装備や加護もなしに大森林を進むことは、危険とされているからだ。

なんでも精霊が悪さをするので大森林をさ迷い歩くはめになり、もし運悪く精霊に嫌われでもしたら森から一生出られなくなる、とか。

ただの元門番がそんな危険な場所に行けるはずもない。そんなわけで大森林付近にある、ボロロ村に向かった。

国境付近の村ならば、大なり小なり問題が多いだろう。仕事にありつけるかもと考えたのだ。

草原に埋もれかかった街道を歩いていき、昼頃ボロロ村に到着した。

丸太の壁に囲まれた小さな村で、俺たちは赤い屋根の家の前に立つ。

ここが村長の家らしい。すぐに村長がでてきた。

「――あーん？　仕事が欲しい？」

体格のいい村長で扉の隙間から俺たちを……特に、俺をジロジロと観察してきた。

なんだこのモブっぽいやつはと、村長の目でそう伝わってくるな。

「冒険者か？」

「いいえ、違います」

「冒険者じゃない？　前は何をやってたんだ？」

「以前は、王都で兵士をやっておりました」

「ふーん。……仕事かあ。村のもんはできることは自分でやるしなあ。本当に困れば、冒険者ギルドを頼ればいいし……」

「なんでもやりますよ」

「だったらアンタ。なんで冒険者をやらないんだ？」

大貴族の子弟を注意したせいで睨まれてしまい、冒険者ギルドに加入できなくなりました。

そう説明したら、ここでも仕事にありつけなさそうだな……。

くそう……あいつらの仕打ち、事実上の国外追放と変わりないじゃないか。そのつもりで父親に告げ口したのだろうが。

「すぐに村から出て行け」

厄介者だと察した村長は扉を閉めようとした。

しかしサクラノがカタナを抜き、強引に扉をガコーンとあける。

「貴様あああ！　師匠が頼んでいるのになんだその態度は！　処すぞっ！」

「待て待て待て待て!?」

俺は慌てて、サクラノを背後から羽交い締めにする。

「落ち着け！　な!?　俺は気にしてないから！」

「ガルルルルルルッ！」

「はい！　深呼吸！　吸ってー！　吐いてー！」

「ふううーーーーーー」

「落ち着いたか!?」

「……グルルルルルッ！」

サクラノは怒りの形相で歯をカチカチと鳴らしている。

狂犬か!?　そういえばこの子、手当たり次第に喧嘩を売る子だったわ！

俺への態度で忘れそうになっていたが、血の気が多い。倭族がそうなのか。生まれが特殊なのか。

狡噛流とやらが関係しているのか。

「ううー……っ！」

サクラノは低く唸り、村長を睨んでいる。

村長は腰を抜かし、すっかり怯えていた。

「ひいいいい！　たすけてくんろー！」

「グルルルルッ！」

いかん。大騒ぎになっては、近隣の村々での仕事もなくなりかねん。

狂犬化したサクラノをなだめるためにも、脅すようで悪いのだが俺は頼みこんだ。

「あ、あの！　ホント仕事はなんでもいいんで！　俺の勤務態度が悪ければ、すぐ辞めさせていいですから！　それでこの子も納得すると思うんで！　申し訳ないんですけども！」

俺が無害だとわかったのか、あるいは狂犬使いだと思ったのか。

村長はふるえる声で言った。

「も、門番の仕事なら〜……！」


それでだ。

俺は元サヤ……もとい、門番のお仕事にありつけた。

ボロロ村の正門で、俺は暖かい日差しを浴びながら門番業に勤しんでいる。

まあ王都とちがって人の往来がないから、じっーーと立っているだけだが。

「師匠ー、暇ですー」

俺の側で立っていたサクラノが退屈そうにしていた。正直な子だ。

村長が仕事を与えるとわかるなり、彼女は素直に謝っていた。仕事を与えられて村の一員になったことで、村長を身内判定したのかもしれない。犬では？

まあ、やることが全然なくて辛いのはわかる。

俺たちが根をあげるように門番の仕事をふられた気もするが、なんであれ与えられた仕事はきちんとこなしたい。門番としてのプライドもある。

「だったらサクラノ。門番の訓練でもするか？」

「どんな訓練でしょうか!?」

サクラノが瞳を輝かせ、ずずいと近づいてきた。

「この村に誰かが来たとしよう。はい、サクラノ台詞」

「えーと……。ようこそ、ボロロ村へ」

「ちがうちがう。もっと元気よく――ようこそ、ボロロ村へ!」

張りのある声が村にひびいた。

どうだ俺の華麗な門番っぷりはと目をやるが、サクラノはきょとん顔。

むっ、反応が薄いな。もう一度お手本を見せよう。

「ようこそ、ボロロ村へ! っと、こんなふうに迎えるわけだな」

「師匠ー、他に何かありませんかー?」

興味すら持ってくれないなあ。

「……他はそうだな。道を尋ねられたときのため、村の地理を覚えるとか」

「小さな村ですし、もう覚えました」

「嫌なことがあっても、笑顔で受けながす方法とか」

「それで強くなれるのですか?」

サクラノは怪訝《けげん》な表情でいる。

門番の仕事に強くなれる秘訣があると思っているのだろうか。

ないぞ、門番の仕事にそんなものは。まあ彼女を手伝うと決めたことだし、ためになりそうな門番スキルを口にしてみるか。

「うーん……不審者に気づく方法とか、とうだ？」

「それはなんでしょう!?」

サクラノが話に食いついた。

「不審者は通行人と違って、目的のある動き方をしているんだ。スリなら獲物を探す視線をしていたりと、あきらかに道を急いでいない。通行人を観察することで洞察力が磨かれるぞ」

「でも、今は村に誰も来ませんね」

「……あとは、怪しい気配の探り方とか」

「気配探知はわたしも得意ですが、怪しい気配ですか？　やけに具体的ですが……もしや師匠ならではの方法があるのでしょうか!?」

期待値高いなあ……。正直、役に立つのか不安になってきたんだが。

「え、えーっとさ………。その、自分をまず、青空に見立てるだろ？」

「青空ですか？　わかりました！」

「ほら、感覚が研ぎ澄まされていくのがわかるだろう」

「？？？」

「むっ!?　近くにモンスターが湧いているな！」

俺はモンスターの気配に剣を抜いて、止門から飛びでる。

ついてきたサクラノは草原や大森林をキョロキョロと見つめていた。

「師匠、本当にモンスターが湧いたのですか？」

「うん。自分を青空に見立ててみた？」

「な、なんとか」

「青空の中に暗雲が湧いていただろう？　ソレってだいたい悪いやつかモンスターだから、暗雲を感じたら警戒してね」

「か、感じません……。感覚拡張の類《たぐ》いだとはわかるのですが……」

村の周囲はのどかなままでモンスターの姿がないから、サクラノは困っていた。

しかし彼女は低く唸りはじめ、カタナをすらりと抜く。

どうやら気配を感じとったらしい。

すると大森林の方角から、大木がメキメキとなぎ払われる音が聞こえてくる。

そして、全長30メートルほどの大蜘蛛《おおぐも》があらわれた。

「ギシャアアア!!」

大蜘蛛は俺たちに気づくなり、鋭利な牙を見せびらかすように吠えた。

問答無用で襲いかかってくる気だ！

「師匠は、あの大蜘蛛の気配を感じとったんですね！」

「ああ！　門番スキルも捨てたもんじゃないだろう！」

「はい！」

サクラノはカタナを構えて、大蜘蛛に斬りかかろうとしている。

なので、俺は彼女を手で制止した。

「俺が倒すからサクラノは見ててくれ」

「え？　で、ですが……」

「雑魚みたいだしさ。俺一人で十分だよ」

「あの大蜘蛛が、ざ、雑魚ですか!?　流石師匠ですね……。わかりました！　師匠の技、しかと拝見します！」

サクラノは尊敬の眼差しで見つめてくる。

そんな立派なものじゃないんだがなあ。まあモンスター戦なら俺のほうが少しは詳しいか。

王都の下水道でも蜘蛛とは何度も戦った。

目の前にいる大蜘蛛は、そいつらより少し大きいか？

「ギシャアアアアアア！」

大蜘蛛は、人間サイズの大爪で大地を耕しながら突貫《とっかん》してくる。

その巨躯で村の正門ごと俺を押しつぶす気だな。

「来いっ！　ボロロ村の門番として、ここは絶対に通さないぞ！」

なーんて。雑魚モンスター相手にかっこつけてみた。

「せいっ！」

俺は、突貫してくる大蜘蛛に真正面から踏みこんだ。

蜘蛛の牙が、複眼が、すぐ間近にある。

あわや食われる寸前だったが、大蜘蛛は慌てたように真後ろに飛び退いた。

俺はその動きに合わせて、大蜘蛛に肩タックルをぶちかまし、空中に跳ねあげる。

そしてそのまま、胴体の真下を駆け抜けていき、大蜘蛛を真っ二つに斬り裂いた。

「ギシャアアアアー……」

大蜘蛛の断末魔がひびく。

俺が安剣を鞘《さや》に納めると、大蜘蛛の死骸から黒い煙がたちこめた。

魔素だ。

モンスターの身体は、8割以上この魔素で構成されている。生命活動を停止したモンスターは体内の魔素を吐き出していき、最後は原形すら残さずに煙となって消える。

ちなみにモンスター素材が欲しいときは、大急ぎで加工処理を施す必要がある。

または特殊な武器で部位破壊するかだ。

さて、師匠らしいことをやりますかと、俺はサクラノにふりかえって説明する。

「このように虫モンスターの弱点は超近接戦だ。複眼で獲物を捉えすぎているのだと思う。さっきみたいに一気に距離を詰めると、驚いて硬直したり、飛び退いたりするんだ」

「なるほど……っ！」

「特に蜘蛛モンスターは真後ろに飛び退く傾向があるから、その動きに合わせて押してやると、面白いぐらいにふっ飛ぶよ」

「はい……！　はい……！　勉強になります！」

サクラノは感心したように何度も頷いている。

なんだか、いかにもすごい技術を教えていますって感じで心苦しいな……。

一応、俺が培った技術ではあるんだが……うーん……。

俺が罪悪感を覚えていると、村のほうが騒がしくなる。

すぐに、村人たちの悲痛な声が聞こえてきた。

「森の見張り塔から連絡！　エンシェントタランチュラが村に攻めてくるらしいぞ！」

「エンシェントタランチュラだあ!?　洞穴の主がどうして村にっ!?」

「みんな急いで講堂に集まるんだ！　戦える者は武器をとれ！」

まさか今の蜘蛛は偵察か!?　蜘蛛はよく群れるしな……！　得意げに師匠面している場合じゃなかったか！

「サクラノ！　強いモンスターがくるみたいだ！　俺たちも講堂に向かおう！」

「師匠、今の大蜘蛛がエンシェントタランチュラなのでは……？」

「え？」

「小丘ぐらいはある凶悪な大蜘蛛と聞いたことが……。特徴もよく似ておりますし」

サクラノはほとんど煙になった大蜘蛛の死骸《しがい》を横目で見つめた。

俺は片手をふって、否定してあげる。

「ないない。だって雑魚だったし」

「そ、そうですか……。師匠がそう言うのであればそうなのでしょう」

サクラノは自分を納得させるように、そう言った。

村の講堂には、60名余りの村人が集まっていた。

俺とサクラノは入り口で門番のように立っている。

女子供が多く、彼女らは不安げに身を寄せあっていた。ボロロ村は出稼ぎ労働者が多いようで、戦える者が少ない。武器を手にした者は半分にも満たなかった。

村の男たちはなかばパニック状態になりながら叫んでいる。

「な、なんでエンシェントタランチュラが⁉」

「禁忌《きんき》の洞窟を離れることがないはずだろう⁉　い、今どこにいるんだ⁉」

「わからん！　見張り塔で監視していたやつも見失ったと！」

「洞穴には誰も侵入しなかったのに……っ！」

「ど、ど、どうして！　今までちゃんと共存できていたじゃないか！」

彼らの恐怖がヒシヒシと伝わってきて、俺は固唾を呑んだ。

きっと恐ろしく強いモンスターなんだ。王都の下水道で雑魚モンスターばかり狩ってきた俺は、凶悪モンスターの恐怖をはじめて肌で感じとった。

勇者が魔王を討伐する以前、この地方は魔の大地だったらしい。

だから、まだまだ危険なモンスターが潜んでいると聞いている。

みんなが動揺する中で、講堂の奥にいた村長が重いため息を吐く。

「……魔物と共存できるなどしょせん人間の傲慢だよ」

村長の言葉に、村人たちは静まりかえった。

モンスターには縄張り意識が強く、巣から動かない習性のものがいる。だからボロロ村のように、近くに凶悪なモンスターがいるとわかりつつ集落を築くこともある。人間側から襲わなければ平和だし、他のモンスターも寄ってこないからだ。

鍬《くわ》を持った村人が、村長に大声でたずねた。

「村長！　それで助けはいつやってくるんですか⁉」

「冒険者ギルドに早馬をやった。その内、冒険者か王国兵がやってくるさ」

「そ、その内って、そんな悠長な！」

「俺たちに何ができるというのだ」

「村の周りに罠をしかけるとか……！　いやそれよりも急いで逃げよう！」

「女子供を連れてか？」

村長は講堂内をゆっくり見渡すと、戦えない者たちが体を強張らせた。

凶悪な蜘蛛が迫っているのなら村から一歩も出たくない。そう顔に書いてあった。

「ですが、村長！　ひ、ひとかたまりになって逃げれば……！」

俺は口を挟む。

「今、逃げるのはやめたほうがいいです」

「お前は……え？　誰？」

「誰」「ほんと誰」「すっげーモブっぽいやつがいる」

村人の怪しむ視線に、俺は恐縮しながら頭を下げた。

「も、門番です。今日からボロロ村の一員になりました」

「門番」「なんでこんな小さな村に門番が」「あやしくね？」

村人の冷たい視線がガシガシと突き刺さる。

村長は妙な不和をおこすんじゃないと、わかりやすくため息を吐く。

「はあ、村長の俺が許可したんだ。それで、なぜ逃げるのはやめたほうがいいんだ？」

「偵察《ていさつ》蜘蛛が、村の近くまで迫っていました」

どよめきが大きくなる。子供たちは泣きだしそうだ。

俺はみんなを変に不安にさせないよう、できるだけ、ゆっくりと話す。

「大丈夫です。偵察蜘蛛は強くありませんでしたので倒しておきました」

「おおっ！　ほんとか!?　それは朗報だな！」

村長は表情を明るくさせたが、俺の表情は固いままだ。

なぜなら、今から厳しい現実をみんなに打ち明けなければいけないからだ。

「……ただ、偵察蜘蛛がきたということは、そのエンシェントタランチュラは、どこかに隠れ潜んで村の様子をうかがっているかもしれません」

可能性は極めて高い。断定は避けたが、俺は確信していた。

直感だ。間違いない。

「ふむ。そうなると、大勢で村から逃げ出している最中を襲われるやもしれんな……」

村長は現実を噛みしめるように唇を噛んだ。

村長が沈黙したので、講堂のいたるところから声があがる。

「だ、だったら大蜘蛛と戦うのか？」

「30メートルを超える蜘蛛だぞ！」

「む、村の周りに罠をしかけて、助けがくるまで籠城しよう」

「蜘蛛の群れに襲われたらどーするんだ！　逃げ場がないじゃないか！」

村人たちは迫りくる脅威を前に恐慌しかけている。

俺はといえば迷っていた。

「……あのっ！」

迷っていたが、声がでた。

雑魚としか戦闘経験のない俺だが、それでも兵士の自覚を持って下水道で戦いつづけていた。

クビになっても、その心意気はまだあるのか？

そう己に問うてから俺は言いきる。

「俺が……時間を稼ぎます！」

全員の視線が俺に集まる。

自分がこんなに勇気があるとは思わなかった。ビックリだ。

村人たちは出会ったばかりの俺がこんなことを言いだしからか、驚きで言葉を失っている。

村長は呆けていたのだが、我に返って大声をあげた。

「し、しかし、時間稼ぎといっても……どうやって⁉」

「蜘蛛モンスターとの戦いは慣れているんです。こちらから奇襲をしてみます。正面からの戦闘を避けて、持久戦に持ちこめば……助けがくる時間や、みんなが逃げる時間を作れると思います」

雑魚専の兵士とは言わなかった。みんなを不安にさせる必要はない。

それに実際、正面からやり合わなければ、なんとかなる気もしていた。

村長は俺のそんな言葉に戸惑いを隠せないようだ。

「……君は村に来たばかりなのに、どうしてそこまで？」

「俺はこの村の門番ですから」

門番として、王都の兵士として、民を守る。

仕事を失ってもプライドは失いたくなかった。

「すまない……。正直、厄介な連中がきたと嘆いていたよ……」

「いやまあそれは」

サクラノの狂犬っぷりは俺も擁護しようがない。

って勝手に話を進めたが、サクラノはどうする気だろう。ついてくるかな。ついてきそうだな。いや流石に怖がっているんじゃ。俺は彼女に顔を向ける。瞳をキラキラさせていたサクラノは、首を勢いよく縦にふった。

凶悪モンスターを相手にするというのに肝の据わった子だなあ。しかし、エンシェントタランチュラか。30メートル越えの蜘蛛らしいが……偵察蜘蛛とはまた違うのかな。

いったいどれほど凶悪なのか、想像するだけでも武者震いしてきた。

……俺にとって一世一代の死闘がはじまるかもしれないな。

さあ、あとは勇気をだすだけだと、強がって笑ってみせた。


日が西に沈み、空はカクテルが沈殿したような濃い紫色となった。

俺とサクラノは、大森林を歩いていた。

鬱蒼《うっそう》とした森は湿った匂いがする。腐葉土《ふようど》をザクザクと踏みぬきながら奥に進む。エンシェントタランチュラが住む禁忌の洞窟とは、方向が逆だ。

俺たちはわざと音を出して、囮《おとり》になっていた。

今ごろ戦える村人は松明を持ち、ボロロ村裏門で蜘蛛の注意を引いているだろう。

そうやって陽動して、女子供を先に逃がす作戦だった。

この作戦はうまくいくと思う。敵は真っ先に偵察を送ってくる用心深い蜘蛛だ。俺たちが敵陣地で囮になっていれば、次々に先兵を送ってくるはずだ。

事実、俺は気配を感じとる。

「サクラノ」

俺と連携しやすい位置にいたサクラノに声をかける。

サクラノは、ちゃきりとカタナを抜く。

「師匠！　複数きます！」

「わかってる！　気をつけろよ！」

俺も安いロングソードを抜いた。

蜘蛛の群れが太い木の枝を飛び移りながらやってきたので、睨《にら》みあげる。

その数20匹。全長1メートルほどだ。

どうやらエンシェントタランチュラは、俺たちの相手は雑魚でいいと思っているらしい。さっきから小型の蜘蛛ばかりに、こうやって何度も襲われていた。

見くびられて腹は立つが好都合だ。その油断、突いてやる。

俺は吐きだされた糸をかいくぐり、蜘蛛の群れにつっこむ。

ジュバッと一閃。

雑魚モンスターに俺の剣技は十分通用するようで、17匹の蜘蛛がバラバラになった。

「流石師匠です！　あっというまに17匹もバラバラに！」

サクラノは自分のことのように嬉しそうだ。

彼女の足元には3匹の蜘蛛が転がっている。

「サクラノもお疲れさま。3匹、楽に倒せたようだな」

「えへへ……師匠に比べれば全然ですが！　師匠の剣技はまさしく神速で惚れ惚れします！」

ははは、大袈裟《おおげさ》な。よいしょされてるなぁ。

俺もちょっと師匠っぽいことを言ってみようかな。

「俺が教えたことができていたな。実践ですぐ試せるなんて、すごいぞ」

「ありがとうございます！　師匠の教えが良いからですね！」

サクラノは笑顔でそう言うが、才があるのだろうな。蜘蛛と戦いながら彼女を見ていたが、俺が教えたことを簡単に真似していた。

この調子じゃ王都の兵士……俺ぐらいはすぐ追い抜きそうだ。

ま、しょせん俺はただの門番。才能ある子にはかなわないか。

「ところでサクラノ。そろそろ本格的に暗くなるが大丈夫か？」

王都の下水道は管理しやすいよう、要所要所で灯りが設けられていた。

それでも灯りはすべての闇を祓《はら》えない。

俺は夜目で戦えるよう訓練したし、そんな自分をちょっと誇っていた。

「暗闇で戦うぐらい問題ありません！　なんてことないです！」

そっかー、暗闇で戦えるのはなんてことないのか。俺は自信を失った。や、元からたいした能力じゃないがさ。

「しかし師匠、なかなかに手ごわいモンスターですね」

「そう？」

「師匠からすれば雑魚でしょうが、木の反動を利用した蜘蛛の高速軌道は……実に……」

サクラノは言いよどむ。

「苦労する？」

「殺《や》りがいがありますね！」

サクラノは我慢しきれずに、ふっはーと興奮したように息を吐いた。

やる気があるのはいいことだが、力が入りすぎなような……おや？

「サクラノ……。目が赤くなってない？」

「えっ？　あ、赤くなっています……!?」

サクラノの瞳は普段黒色だ。

彼女は血のように赤くなった瞳を、慌てて両手で隠した。

「す、すみません！　狡噛流の人間は興奮すると瞳が赤くなる体質でして……！　ほどよい緊張感のある戦いに、殺る気がムクムクとふくれあがってきまして……！」

「何も目を隠さなくても」

「さ、流石にうら若き乙女が、殺る気満々なのは恥ずかしいと言いますか……！」

狂犬っぷりを披露しておいて、やる気があるのを見られるのは恥ずかしいらしい。

可愛いところがあるな。いや可愛いところなのか？

俺が考えこんでいると、一瞬、強いモンスターの気配を感じとる。

今までで一番強い気配だったが、例のエンシェントタランチュラだろうか？

「こ、こんなだから、狡噛流は血も涙もない殺戮《さつりく》集団と呼ばれるんですよね……。わ、わかってはいるのですが、やはり殺気が張りつめたイクサバは心地よく……」

っと気配に気をとられて、サクラノの話を聞きそびれた。

サクラノは両眼を隠したままうつむいているし、なんだか気まずそうだ。

そんなに赤い瞳を気にしているのか？

「綺麗な瞳だぞ」

「え……？　えっ⁉」

サクラノの耳が赤くなった。

やる気がふくれあがると耳まで赤くなるらしい。

「そう、でしょうか……？」

「ああ。だから両手を離して、ちゃんと見て欲しい」

いつ戦闘になるからわからないし、危なっかしい。

するとサクラノはおそるおそる両手を離し、えへへーと頬をゆるませた。

「は、はい！　師匠がちゃんと見えます！」

そりゃあ見えるだろうさ。どうも集中できていないみたいだ。一応作戦を確かめておくか。

「サクラノ、そろそろ陽動から奇襲にきりかえよう。エンシェントタランチュラが住む洞窟に向かうけれど……大丈夫か？」

「任せてください！　わたし、今、殺る気満々ですから！」

サクラノの紅い瞳がギンギラギンに光った。

ううむ、肩肘はりすぎというか。やる気がみなぎりすぎているような。

「……道中、蜘蛛の巣には気をつけるように。触れたら偵察蜘蛛がすっ飛んでくるからね」

「鳴子みたいなものなんですね！　わかりました！」

サクラノは、即座に蜘蛛の巣に触れようとした。

「待て待て待て待て!?」

「どうされましたか？」

「なんで蜘蛛の巣に触ろうとしてんの!?」

「おびき寄せた蜘蛛すべてを皆殺しにしようと！」

サクラノは愛らしい笑顔で物騒な台詞を言い放った。

彼女の全身から、褒められたいー褒められたいー、とオーラが滲みでている。

な、なんでこんなにやる気になっているんだ？

むしろ殺る満々みたいじゃないか。うーん……。

「サクラノ」

俺は手を差し出した。

「……なんでしょう？　師匠？」

「俺と手をつなごう」

「え？　え？　えぇぇぇぇぇぇぇぇぇっ!?」

「俺の側から離れないように」

「わ、わたし、粗忽《そこつ》な狡噛流ですけど!? よろしいのでしょうか……!」

側にいてもらわないと危なっかしいし。

俺もただの門番なわけだから、今から強敵相手するのに気を回す余裕があるかどうか。

「サクラノはサクラノだ」

手つなぎは、犬のリード代わりとは黙っておこう。

「はい! はい……! はい……!」

サクラノはカチコチの表情で俺の手をゆっくりと握ってきて、さらに顔を赤くさせた。

やる気が余りまくっているらしい。彼女が落ち着くまで時間がかかりそうだ。

サクラノもまだまだだなー。


禁忌の洞窟。

数百年前、勇者ダン＝リューゲルが魔王との決戦におもむく際に使った洞窟だとか。

洞窟は、一般人どころか冒険者も立ち入ることが許されていないらしい。

俺とサクラノは茂みに隠れながら、洞窟の入り口を見張っていた。

洞窟の入り口は草木が生い茂っていてよくわからないが、竜を象った彫像がうっすらと見える。

もしや自然の洞窟じゃなくて、人工ダンジョンか?

勇者ダン＝リューゲルが、地上に蔓延《はびこ》るモンスターを避けるための洞窟かと思ったが、内部が魔王城につながっていたのかもしれない。

何があるかわからない。いっそう気を引き締めなければ。

しかし緊張で喉が渇くな……一休みしたいところだが。

「サクラノはどう思う？」

俺は隣のサクラノに声をかけた。

ちなみに、手はもう離している。彼女の瞳が黒色に戻ったので、気が落ち着いたと思ったから離していた。寂しそうな表情はされたが。なんだかんだでまだ子供らしい。

「蜘蛛が飛びだしてきませんね。先兵を狩りつくしたか……」

「洞窟で待ち構えているか、だよな。心の準備はできたか？」

サクラノはゆっくりと頷く。

「はい、皆殺しにまいりましょう」

「待て待て待て」

彼女の瞳がまた赤くなりかけていたので、俺は待ったをかけた。

「どうしましたか？　師匠」

「……サクラノ、俺たちの目的は？」

「鏖殺《おうさつ》です」

「……村のみんなのために、時間を稼ぐのが俺たちの役目だ。エンシェントタランチュラへの奇襲は、その時間を捻出するための手段の一つだぞ」

「つまり一匹ずつ時間をかけて、いたぶって殺すと？」

どうして感心した表情でいるのか。

鏖殺だなんて言葉あんなに滑らかに言える人、俺初めてだぞ。

「そりゃあ倒せたらいいが、理想であって目的じゃない。もし奇襲が失敗したら……」

「そこで皆殺しですねっ」

「……皆殺しできる力量があるなら、そもそも奇襲はしないから」

頭に殲滅以外はないのか。

今だってサクラノはカタナをちゃきちゃきと抜き差しして、蜘蛛を斬りたがっている。

全然怯えないのはいいが、好戦的すぎなのもいかがなものだ。

「奇襲が失敗とわかれば囮になる。わかった？」

「わかりました、お任せくださいっ」

と、サクラノは自信満々だ。本当に大丈夫か。死なばもろともと道連れにする感じの囮になる気ではなかろうか。疑わしいが、ここでマゴマゴしている暇はない。

「……信じているぞ」

「はい、信じてくださいませ！」

サクラノの笑顔を信じて、俺たちは洞窟内に向かう。

洞窟は、やはり元ダンジョンのようだった。

内部は滑らかな石壁の通路がつづいている。蜘蛛の巣がいたるところにあったり、コケが生い茂っていたりするが、やはり人工物だ。

俺は一歩一歩、警戒しながら奥に進んでいく。

サクラノも流石に静か……いや、目がうっすらと赤く光っているわ。

いざとなれば俺が彼女を守ろう。そう腹をくくって、ドンドンと進んでいき、そして大きな広間にでた。大広間は天井が崩壊しているようで、月明かりがこぼれている。

俺はサクラノに指で合図を送り、陰に隠れて様子をうかがった。

なぜなら、黄金色の蜘蛛が、広間中央でたたずんでいたからだ。

黄金色の蜘蛛の全長は1メートルぐらいか。

俺たちに襲いかかってきた蜘蛛と同サイズだが、雰囲気がちがう。神々しさを感じるこの蜘蛛こそが、エンシェントタランチュラなのだと俺は理解した。

奇襲の隙をうかがう俺たちだったが。

その前に、先手を打たれてしまう。

「私は争うつもりはありません。どうか話を聞いていただけませんか?」

黄金蜘蛛は人語を解《かい》した。

しゃべれるモンスターは稀。しかも黄金蜘蛛は俺たちの気配を察した。

高位のモンスターだと、俺の全身が怖気立つ。

「私は戦う意思もありません。もし私の話を聞いていただけるのであれば……その後に、殺していただいてもかまいません。信じられないのなら、今すぐ私の命を差し出しましょう」

黄金蜘蛛の声は穏やかだが、覚悟が感じとれた。

ど、どうする……？

奇襲は失敗。罠に思えるが、黄金蜘蛛からは対話の意思を強く感じられる。

俺はサクラノの意思を聞こうとしたが、彼女は既にカタナを抜いていた。

「モンスターでありながら良い覚悟だっ！　その命もらいうける！」

サクラノは乾坤一擲《けんこんいってき》とばかりにカタナを上段で構える。

そして、たったかたーと一直線に駆けていった。

「待て待て待て待て!?」

「ガルルルルルルッ」

どうしてそう狂犬なの!?

俺は慌ててサクラノの肩を掴んだ。

「サクラノ！　あの蜘蛛の話をまず聞こう！」

「聞いてから殺すのですね!?」

「一度殺すのは忘れよう！　な!?」

「グルルッ!?」

「黄金蜘蛛もだが、隠れている蜘蛛たちも戦闘の意思がない！　邪悪な気配がないんだ！」

俺がそう叫ぶと、サクラノはくんくんと鼻を嗅いで眉根をひそめた。広間の影に、ざっと100匹ほどの蜘蛛が隠れていることに気づいたらしい。そんなサクラノの殺気にあてられたのか、隠れている蜘蛛たちの怯えが伝わってきた。

　黄金蜘蛛が驚いた声をあげる。

「す、すごい……！　仲間はきちんと隠れていたのに……！　私も気配探知は得意ですが、驚きました……！　あなたたちは、さぞ名のあるお方なのでしょうね！」

「いや？　ただの弟子だ！　ガルルルッ」

「ただの門番だが」

　黄金の蜘蛛はちょっと困ったようにたじろぐ。

「そう、なんですか……？　ただの門番と弟子が、わざわざ危険な蜘蛛の巣に……？」

　うっ……なんか俺たちのほうが常識ないみたいだ……。

　黄金蜘蛛は気遣うような声色で語りかける。

「ま、まあ、あなたたちが何者であれ、斬るのを思いとどまっていただき、ありがとうございました。いざとなれば、私が自害することで信頼を得ようとも考えておりました……」

「俺が剣を抜くことはないさ。お前から邪悪な気配は感じないしな」

「……あの。やはり、名のあるお方なのでは？」

「いや、ただの門番だ」

「ですが――」

「門番だ」

正直に答えなくていいかもしれんが、自分を強く見せる気はあまりない。

しかし、この黄金蜘蛛も世界の広さを知らんようだ。

基本ずっとこの洞窟にいるみたいだしな。ここの蜘蛛たち。

「それで、話ってのはなんだ。えーっと……」

「スタチュー、とお呼びください」

スタチューは恭しく地面に這いつくばってみせた。蜘蛛流のお辞儀らしい。

スタチューの穏やかな物腰に反して、サクラノはまだガルルと唸っている。

どちらが人間でモンスターかわからんな……同じ人間として恥ずかしい……。

「それで私たちの話なのですが……。村の人たちとは戦う気がない、争う気が一切ないことを知ってもらいたかったのです」

「……争う気がない？」

「はい、私たちは降参する準備ができております」

サクラノが「ならば首魁《しゅかい》らしく自害せよ！」と吠えたので、俺はまあまあと宥めておく。

「……なあ。あれほど好戦的だったのにどうして突然、降参なんだ？　そもそも仕掛けてきたのは蜘蛛側だろう？」

「この洞窟にいる蜘蛛は、最初から戦う気がなかったのです」

「この洞窟にいる蜘蛛は？」

「はい。今この洞窟に残っている仲間は、人間の村を襲おうなど考えておりませんでした」

スタチューが洞窟の陰に視線を向けると、そこには無数の複眼が光っていた。

どうも俺たち（特にサクラノ）に怯えきっているようだ。まるでボロロ村の女子供のように。

そこで俺は気づく。

「もしかして、仲間内で意見が対立していたのか？」

「……そのとおりです」

スタチューは懇願するように前足を合わせた。

「この洞窟の蜘蛛たちは、大昔『勇者ダン＝リューゲル様を素通りさせることで、討伐を見逃してもらえた』者の子孫です。勇者様の『お前たちが外にでなければ危害を加えないし、人間からも危害を加えない』という約束をずっと守り続けていました。ですが……」

スタチューは重々しく告げる。

「…………洞窟内で、仲間の数が増えすぎたのです」

「……なるほど」

スタチューの言いたいことはわかった。

洞窟がどれだけ広いかはわからないが、大勢の蜘蛛が生きるには食糧に限界があるだろう。

「外に行きたがる蜘蛛が増えたわけだな」

「はい……『勇者との約束は大昔のこと。なぜまだ守る必要があるのか』と、現状に異議を唱える仲間があらわれはじめました」

「だからって村を襲えば、冒険者に討伐されかねないだろう」

「私……いえ現状維持派は、もちろん反対いたしました。ですが……力を持った蜘蛛は次々に強硬派に鞍替えしていき……そして、事件が起きたのです」

「事件？」

スタチューは少し迷いながら言う。

「……この禁忌の洞窟に、人間たちが侵入しました」

「……本当か？　ボロロ村の人たちはそんなことは一言も」

「おそらく冒険者です。洞窟内の秘宝を狙ってのことでしょう。追いはらうことはできたのですが……。強硬派筆頭であるエンシェントタランチュラ様……私たちの主様が『人間どもは不可侵を破った』とお怒りになり、強硬派を止めることができなくなりまして……」

「そんなことが……ん？」

エンシェントタランチュラ様？

私たちの主様？

「スタチューは……エンシェントタランチュラじゃないのか？」

「め、滅相もございません!?　わ、私はただのトークスパイダーです！」

「黄金色なのに？」

「色が何か関係あるんですか？」

別にないな。黄金色って強いイメージがあるからてっきり。

いやだったら、そのエンシェントタランチュラはどこに？

「なあ、そのエンシェントタランチュラはどこに行ったんだ？」

「わかりません……。主様は強硬派を連れて洞窟を飛びだし、それっきり……」

「森に隠れているとか？」

「主様は豪気な方です！　襲うと決めたのならば真っ先に村へ襲いかかるでしょう！」

サクラノがわかるわーみたいな顔をした。そこで同調するんじゃない。

しかしエンシェントタランチュラは、なぜ消えたんだ？

……もしかして俺、何か勘違いしている？

「スタチュー。エンシェントタランチュラの特徴は……？」

「30メートルを超える大蜘蛛です。私たちの中で一番大きな蜘蛛でございます」

「……そして豪気な蜘蛛で、村を真っ先に襲いかかったはず、か」

心当たりがある。もしかして、あのときの巨大蜘蛛？

俺が正門で倒したのはエンシェントタランチュラだったのか!?

なんてーことだ！　俺はずっと勘違いしていたのか！

村人が恐れる洞窟の主《ボス》とも知らず、倒していたなんて……！

俺が沈黙したので、スタチューは不思議そうにした。周りの蜘蛛たちも落ち着きがない。

うー……自分の盛大な勘違いっぷりが恥ずかしい……。

でもだ。だからこそ俺はとある事実に気づいてしまう。

蜘蛛にとって酷な話になるが……伝えなければいけないだろう。

「エンシェントタランチュラは、俺が倒した」

「なっ!?　あなたが!?!?!?」

他の蜘蛛たちの動揺が伝わってくる。

サクラノが「やっぱり！　師匠は最強――」と叫びかけたので、手で口を塞いでおく。余計なイザコザは避けたい。

「や、やはり、あなたは名のあるお方なのですね……!?　で、でなければ、主様を倒せるはずがありません……！」

スタチューは心中複雑そうだ。

「いや、俺はただの門番だ」

「けれど、ただの門番が主様に勝てるわけが……」

「だろうな。しかも一太刀だ。ただの門番が、村人が恐れる巨大蜘蛛を一太刀で倒したんだ。そんなことあるはずがないよな」

「……あの、何をおっしゃりたいので？」

俺は、蜘蛛の境遇に同情したのかもしれない。

だからこそエンシェントタランチュラの真意は正しく伝えなければいけない。

自己犠牲の精神に、人もモンスターも関係ないのだから。

「エンシェントタランチュラは、最初から死ぬつもりで村を襲撃したんだ」

「そ、そんな!?　主様が!?」

「だから俺は一太刀で倒すことができたんだ」

「し、しかし、主様は常日頃から『人間なんてゴミ。人間なんてクソ。どうして俺さまが人間との約束なんぞに従って、洞窟にこもらなきゃいけねえんだ。あいつら盛大に殺しちまおうぜ。絶対楽しいって』とおっしゃっていた方ですよ!?」

くっそガラの悪い蜘蛛だな。討伐しておいて正解では？

いやその言葉すら、真意を隠すためかもしれない。

すれ違いや勘違いは誰にだってあることだ。もしかしたら俺も、とんでもない勘違いをしているかもしれないのだから。

「間引きだよ。蜘蛛の頭数が減れば、食糧事情は解消されるだろう？」

「で、では、主様が強硬派を連れて飛びだしたのも人間に殺されるために!?　そうすることで私たちの負担を減らそうと……!?」

「間違いない」

「あ、あなたがおっしゃるとおり……強硬派が全滅したことで問題は解決されましたが……」

「やはりな……。おそらく、冒険者への討伐依頼も織りこみ済みだ。穏健派のスタチューを信じて、後の交渉を任せたんだ」

ふっ、俺の直感が冴えまくっているな。

「あの……。実は、あなたが強いだけなのでは……？」

やれやれ。

またそれか。

「ただの門番が、めっちゃ強いモンスターを倒せるわけがないだろう？」

「た、確かに、あなたのモブ臭は半端ないですが……」

それで納得されるのはちょっと傷つくが。まあ事実か。

サクラノは『あの巨大蜘蛛、絶対に本気でしたよ。師匠の実力ですよ』と目で訴えてくるが、そんなわけないだろう。まったく。信じられない事実を前に、スタチューは力なくうなだれた。

「主様……申し訳ございません……真意に気づくことができず……」

「まあ、勘違いやすれ違いは誰にだってあるって」

「愚かな私も……すぐに主様のあとを追いましょう……」

「ちょっ!?」

いや、何も、俺はそこまで追いつめる気は。

ど、どうしよう。モンスターだからといって、このまま死なれるのは後味が悪すぎる……。

俺が頭を悩ませていると、サクラノがスタチューの覚悟に感動していた。

「立派な心意気だな！　よかろう！　わたしが介錯しよう！」

「待て待て待て待て!?　後追いも介錯も待ってくれ！　今よりマシな状況に、お、俺がなんとかするからさ！」

サクラノやスタチューや蜘蛛たちの視線を感じとる。

暗い暗い洞窟の中で、俺は明るい声で叫んでやった。

「何せ、俺は門番だからな！」

『何せ、俺は門番だからな！』

と、かっこうはつけたが。いやかっこうつけられたかわからないが、俺のやることはいたって単純なものだった。

数日後――暖かな日差しが降り注ぐ、花畑が美しい森の広場。そこでは、ボロロ村の人たちと、蜘蛛たちが集まっていた。

お互いに近づきもせず、おっかなびっくりといった様子だ。

両種族はそれでも逃げ出そうとはしていない。広場中央の切り株で執りおこなわれている、調印式を見守っていた。

ボロロ村の村長が羊皮紙を見つめながら満足げに頷いた。

「これで無事に調印が終わりましたな」

スタチューも同じように頷く。

「新たな条約がこれで結ばれましたね」

村の人たち、蜘蛛たち、両者同時に安堵の息が漏れた。

俺がやったことは本当になんでもない。

話し合いの場を設けて、両者で話してもらう。それだけ。

兵士の仕事にはトラブルの仲裁もあるので、俺はそれを実践しただけだった。

蜘蛛の意思はまとまっていたので、説得が必要だったのはボロロ村の人たち。最初、俺とサクラノは蜘蛛に洗脳されたのではと、村の人に疑われた。しかしスタチューがたった一匹で対話しに村までやってきて、武器を持った村の人に囲まれても無抵抗の意思を貫いたので、どうにか話し合いの場を設けられた。

一応武力として、俺とサクラノが木陰で待機してはいるが、両者が争うことはないだろう。

無事に調印が終わり、スタチューの声は明るい。

「私たちの提案を受け入れていただき……本当にどう感謝を伝えればよいか。一族の滅亡を覚悟していました」

「いえいえ、お互いご近所さんなわけですし、困ったときはお互い様です」

「……今度こそ、共存していきたいものですね」

「ですなあ」

村長は羊皮紙を再度見つめながらスタチューに告げる。

「勇者ダン＝リューゲル様との約束は『外』の定義づけが曖昧でしたので、王都も強くは言えないでしょう。これからは大森林も『中』扱いで問題ありませんよ」

「本当にありがとうございます。これで食糧に悩まされることがなくなります」

今回の調印。ようは、蜘蛛の生存圏拡大を認めるものだ。

勇者との約束は公式文書として残っているようで、一方的な破棄は蜘蛛だけでなくボロロ村も国に睨まれる。しかし文意はゆるいものらしく、村長曰く『拡大解釈が十分可能』とのこと。

これによって、蜘蛛の生存圏が大森林まで広がった。

細かい調整はあったようだが、村長とスタチューでよく話し合ったらしい。

これからはお互い、持ちつ持たれつの仲になる。

蜘蛛からは――村人は絶対に襲わない。他のモンスターから村を守る。

村人からは――洞穴に侵入しない。蜘蛛に食料を融通する。

など。今後トラブルもあるだろうが、両種族にとって前向きな取り決めとなった。

「師匠ー。これも門番のお仕事なのですか？」

隣にいたサクラノが、興味深そうに聞いてきた。

「まあね。王都はいろんな人が集まるからトラブルも多い。彼らの話を聞いたりして、仲裁するのもお仕事だよ」

「それで強くなれるのですか？」

まーたそんなことを、と思ったが。サクラノはいたって真剣な表情だ。

平和を望む人たちもいれば、彼女のように戦いの中で生きる人がいる。

まがりなりにも師匠なら、それを忘れてはいけないか。

「強くなれるかわからない……けれど」

「けれど？」

「自分を支える誇りにはなっていた、かな」

ただの門番として過ごした、王都の3年間。

何もないと思っていたが、民を守る気持ちはしっかりと養われていたようで、その誇りが俺を蜘蛛との戦いにおもむかせ、こうして平和的な解決手段をとれた。

まあ、相変わらず影は薄いけどさ。

そう苦笑していると、村の人たちが俺たちに手をふってきた。

「二人共、お仕事お疲れさまー！」

「門番さーん、サクラノちゃーん、村を助けてくれてありがとー！」

「今度、あんたたちの歓迎会を盛大にひらくよ！　楽しみにしてくれよ！」

俺はボンヤリと彼らの笑顔を見つめていた。

「師匠！　歓迎会だなんて楽しみですね！」

サクラノは嬉しそうに笑っている。

俺も久々の充実感に自然と笑みがこぼれた。

「ああ、楽しみだな」

新天地は、蜘蛛と共存する牧歌的な村。

そして血の気は多いが、可愛い弟子ができた。

がんばり甲斐のある仕事にありつけたなあと、俺はうーんと背筋を伸ばした。

しかしこの後、俺とサクラノは失踪する。

◇◇◇

「くそが！　くそが！　くそが！」

門番をクビに追いこんだ剣士――ケビンは、不機嫌そうに大森林を歩いていた。

ケビンは苛立つあまり木の根に足をとられかけ、さらに「くそが」と連呼する。

彼の背後からは魔法使いの少女グーネル。

そして、大盾を持った男ザキが付いてきていた。

有名な冒険者パーティー『悠久の翼』の3人組だ。

もっとも有名といっても悪名でだが。

実力はそこそこのくせに態度が悪い。さらには仕事も雑。

仕事でトラブルを起こしてはギルド側に責任をなすりつけると、本来ならブラックリスト入りしてもおかしくない連中だ。

しかしケビンの父親は、王都の治安組織をまとめる大貴族。

ケビンに睨まれたら仕事を失うどころか、この地方にすらいられなくなる。つい最近もケビンは面白半分で、門番を追放していた。

まさしく唯我独尊な彼は、子供のように癇癪を起こしていた。

「ケビンー、まだ怒っているのー？」

グーネルがニヤニヤ顔でたずねた。

「当たり前だろ！　このオレ様がわざわざ出向いてやったのに！　あの村のやつらめ！」

ケビンは、さっきまでボロロ村を訪れていた。

蜘蛛襲撃の伝令が王都に届き、冒険者ギルドに依頼がまいこんだので（ケビンが無理やりもぎとった形だが）やってきたのだ。

けれど、事件は無事解決。

あろうことか蜘蛛と共存するとも聞き、暴れることができなくて苛立っていたのだ。

「どーするのー？　ケビンのパパに連絡して、村の連中を怒ってもらうー？」

「……勇者が残した文書があるからな。迂闊なことはできねーよ」

「なーんだ。残念」

グーネルは心底つまらなそうに言った。

グーネルは自分より立場の弱い者をいじめるのが大好きな少女だった。

「ふんっ……くそが」

ケビンはイライラがおさえられなかった。

何も肩透かしを食らったから機嫌が悪いのではない。

その程度で機嫌を損ねる人間ではあるが、他にも理由があったのだ。

狡噛流。

倭族の超武闘派の者が王都周辺で暴れているらしく、指名手配されていた。

ケビンは自分がぶっ倒して名声を得てやるかと考えていたが、ザキが止めたのだ。

『おやめください、ぼっちゃん』

ザキはシャール公爵に仕える武家の男だ。ケビンが冒険者になると聞き、シャール公爵が息子を支えるように頼んでいた。

いわばお守り役であるため、ケビンは彼のことが好きではない。

普段は「オレのやることに口出すな」と命令しているのだが、そのザキが止めたのだ。

『ぼっちゃん。狡噛流の者とは、決して面倒を起こしてはなりません。彼らは命を奪うことになんの躊躇《ためら》いもせず、強くなるためであれば身内も殺す、狂犬の一族です』

『あん……？　お前、オレに口出すってのか？』

『はい』

『その、こーがみ流ってのにオレが負けるとでも？』

『お父上も同じ判断をするでしょう』

ザキが親を引きあいに止めてきたので、ケビンもしぶしぶ従うしかなかった。

だが面白くない。どいつもこいつも自分を見くびっている。冒険者ギルドの連中も腹の底では侮っているのがわかる。だから良い依頼を回してこないのだ。

ケビンは己を過大評価していた。

「ケビンー。このまま進むと禁忌の洞窟だよー？　いいのー？」

「いいんだよ。あのモブ野郎のズルを、今から暴きにいくんだ」

さらに面白くないことは、ボロロ村の事件にあの門番が関わっていたこと。

事件解決の立て役者はお供と姿を消したらしく、直接会ってはいないが。

『あまりにモブっぽい王都の元兵士』と聞いて、ぴーんときた。

門番とのいざこざは、ここ最近の一番笑える話として、グーネルと何度も馬鹿にしていたからだ。

無様に国から出て行けばいいものを、どうやらまだウロチョロしているらしい。

しかもやつは村の連中から賞賛されていて、ケビンはことさら面白くなかった。

その賞賛はオレのだ。オレよりしょぼい野郎が賞賛を得るんじゃない。

彼は苛立ちに苛立っていた。

「まー、あのザコおにーさんが、どーにかできるとは思わないけどさー」

「はっ、当たり前だろ」

「そもそもさー。この蜘蛛騒動、ケビンのせいじゃないの？」

「人聞きの悪いことを言うんじゃねーっての。オレは夢にうかれた新人冒険者をそそのかしただけだ。

『禁忌の洞窟には、すげえ財宝が眠っているぞ』ってな」

「蜘蛛の巣だと黙っててでしょ？　うっわ〜、悪い人〜」

グーネルはゲタゲタと笑った。

禁忌の洞窟に冒険者が侵入したのは、ケビンの退屈しのぎが原因だ。

蜘蛛退治も尻拭いからじゃなく、『蜘蛛狩りついでに、財宝を漁ってやるか』としか彼は考えていなかった。

「ったく、どいつもこいつもバカばかりで嫌になるぜ」

「……ぼっちゃん、お下がりください」

「あんっ？」

ザキがケビンの前に立って、大盾を構えた。ケビンはどうしたのかと目を凝らす。

すると、黄金色の蜘蛛――スタチューが森の陰からあらわれた。

「……冒険者がやってきたから監視していれば」

人語を解《かい》したスタチューに、ケビンとグーネルが気色悪そうにする。

「まじで蜘蛛が人間様の言葉をしゃべってやがる。きめっー」

「キャハハッ、最悪だねー」

彼らの不遜な態度にもスタチューは声を荒げず、冷静に対応した。

「洞窟に侵入した冒険者。まさか、あなたたちが原因だとは……。どおりであの冒険者たちは禁忌であることを知らなかったはずです」

「蜘蛛ごときが人間様の話を盗み聞きしているんじゃねーよ」

「…………仲間たちが死んだことで食料も生活圏の問題も解消しましたが。はたして、あなたに感謝すべきなのか」

「そりゃあ感謝すべきだろ」

「皮肉もつうじませんか」

「皮肉とわかって煽ってんだ。ボーケ」

ケビンはへらへらと煽った。

こいつが噂の蜘蛛らしい。あのモブくせー門番と結託して何を企んでいるのかわからないが、ここはいっちょとっちめてやろう。不慮の事故でぶっ殺すかもしれないがなと、ケビンはほくそ笑んだ。

しかし。

「私も見くびられたものですね」

「はーあ？」

「こうも露骨に侮られるとは」

「なんでもいいからかかってこいや。今なら足を8本切るぐらいで許してやるぜ？」

「……調印が終わったばかりです。手加減はしてあげますよ、死なない程度にはね」

「強ぶってんじゃねーぞ、雑魚が！」

ケビンが吠えると、森の濃度が一気に増す。

赤色の点々がケビンたちを取り囲んでいる。

こいつが、こいつだけは、絶対に逃がさない。そう無数の複眼がとらえていた。


——十数分後。

ケビンもまた勘違いをしていた。

穏健派で人との共存を選んだ魔物だからとはいえ、決して弱いわけではない。

エンシェントタランチュラをボスとしていたのも、豪胆な者がトップにいれば群れがまとまりやすいと、スタチューが知っていたからこそ。

ザキもグーネルも地面で気絶していた。

傷一つ負っていないスタチューが淡々と言う。

「私は優しいですから、手足を4本切るぐらいで許してあげますよ。あなたが提案したよりは少ないでしょう？」

「ゆ、ゆるしてくだしゃい…………」

「聞こえませんね」

「ご、ごめんなさい……ごめんなさい……ごめんなさい……」

「私はモンスターなのでね。モンスターの言葉でお願いします」

「ひっ⁉」

ケビンは泣きながら鼻水を垂らし、土に額をこすりつけていた。

彼は知らなかったのだ。温和な者ほど怒らせたら怖いこと。

謝っても許してもらえない存在がいること。

そして、命が助かるのならば、自分はしょんべんを垂らしながら謝ることができるのだと、ケビンは知らなかった。

二章　ただの門番、邪悪な精霊王を倒したことに気づかない

ボロロ村を離れて数日、俺とサクラノは大森林を彷徨い歩いていた。

別に森で修行しているわけでも、森林浴が好きなわけでもない。

森から出られないのだ。

あれは、数日前のこと。

蜘蛛たちの様子を確かめに森を歩いていると、そのまま出られなくなった。

……おかしい。なんらおかしなことはしていない。

森に差しこむわずかな光を頼りに進んでいくも、全然出られる気配がない。

「師匠ー。ここさっき通った場所ですよー？」

俺の前でトコトコと歩いていたサクラノがふりかえった。

「やっぱりそうか……」

「これも修行だと思えば耐えられますが、終わりが見えないのは疲れますね」

と言いつつ、サクラノはまだまだ平気そうだ。

俺はといえば、けっこー気が滅入《めい》っていた。

野営には慣れている。森には果物もあるし動物がいるしで、食料には困らない。小川もあるので生活水にも困りはしないが、流石に限度がある。

「精霊の仕業だよなあ……」

「パルパリー神聖国に住まう精霊は、悪戯《いたずら》で旅人を迷わせるとは聞きますね。ですがわたしたち、精霊に嫌われることなんてしたでしょうか？」

「してないよな。国境はちょっと超えたかもしれんが……」

「困りましたねー」

「ほんとだよ。このままじゃ恐ろしいことがおきる」

「恐ろしいことですか？」

どうしてワクワクした表情なのか。

俺は深いため息を吐く。

「……無断欠勤で門番の仕事をクビになってしまう」

「えー、別にいいじゃないですかー」

サクラノがなんだそんなことかと、明るい声で言ってきた。

俺にとっては深刻な問題なんだがな……。

「サクラノ、仕事をクビになるのは悲しいことなんだぞ。何せ仕事を失う」

「師匠には師匠の仕事があるではありませんか！」

「……お賃金発生しないし」

俺は現実を叩きつけたが、サクラノはカラッとした表情でいた。

「師匠はいざとなれば、わたしの故郷に来ればいいのです！」

「……門番の仕事でもあんの？」

「門番どころか、国仕えの武官に……いえ！　一国一城の主になるやもですよ！」

相変わらずよいしょするなあ。俺のことを誰もしらない東の国か。仕事はありそーだが。

「うん、まあ、ちょっとね」

「師匠ー、曖昧な態度はいただけませんよー」

サクラノは唇をとがらせた。

いやだって女子供でも戦うことが当たり前で、サクラノのような血の気の多い者ばかりと聞き、喜んで行く者はそういない。

門番になったとしても毎日トラブルの嵐で、俺の胃はズタズタになってしまう。

サクラノはじーっと俺を見つめてくるが、だってさあ。

「…………あっ！　師匠！　果物ですよ！　果物！」

サクラノが指差した方向に大きなリンゴがあった。

カボチャサイズのリンゴだ。木の幹に生えている。

サクラノは興味を変えたようで、たったかたーと駆けていく。

「待て待て待て！」

俺は慌ててサクラノを羽交い締めした。

「どうしてです？」

「どうしても何も木の幹にリンゴが生えるわけないだろ。よく見なさい」

大きなリンゴはサクラノが近づかないとわかるなり、横真っ二つに割れた。

リンゴは大きな牙をガシガシとかち合わて、悔しそうに唸っている。

フルーツマウスだ。

果物に擬態《ぎたい》するモンスターで、わかりやすいぐらいに大きいので基本ひっかかることはないが、ボロロ村近辺で湧くので一応気をつけるようにと、村長から注意されていた。

「村長から教わっていただろう。例のモンスターだよ」

「残念です。今晩のオカズになりそーでしたのに」

そのわりには、サクラノはたいして悔しそうには見えないな。

俺に羽交い締めにされてもいるのに、やけに機嫌がいい。

「……なあサクラノ。もしかして、わざとやっていないか？」

「えっ……!?」

サクラノはバレたかといった顔をした。あやしい。

そもそもサクラノは魔物の気配を察せる。騙されないはずだ。

「さっきも植物モンスターの罠にひっかかりかけたよな？　俺が羽交《はが》い締《じ》めして止めたけど」

「それは、そのぅ……」

サクラノは耳まで顔を赤くさせた。

あきらかに、何かを隠している。

俺は無言の圧を与えるが彼女は白状しなかったので、ちょっと搦《から》め手《て》を使う。

「おかしいな。サクラノのような優秀な弟子がこんな罠にひっかかるわけないのに……。俺の見込みちがいだったかな？」

サクラノは慌てて答えた。

「じ、実は！　師匠に羽交い締めにされるのを待っておりました……！」

「俺に羽交い締めに……？　なんで？」

「し、師匠と、か、体が触れあうわけじゃないですか……で、で、ですから！」

なるほど。修行の一環のようだ。

きっと俺に羽交い締めされてから、何かしらの技を仕掛けようとしたのかな。

察しが良い俺は、そう気づくことができた。

「も、申し訳ありません……もう二度といたしませんので……」

サクラノは俺から離れて、しゅーんと頭を下げた。

彼女にもし犬耳が生えていれば、一緒に垂れ下がっていたことだろう。

「今はそんなことをしている場合じゃないしな」

「で、ですよね………」

「森を出てからだな」

サクラノはバッと顔をあげた。

「森を出たら……良いのですか？」

「そりゃあ良いだろう。いくらでも付き合うよ」

俺は一応師匠なわけで、サクラノは弟子なんだし。

修行ならいくらでも付き合うつもりだ。

「い、いくらでもですか……っ!?」

サクラノは興奮したように前のめりになった。

ホント強さに貪欲な子だ。そこは俺も見習わなければな。

「とはいえ、まずは森を出ないことには……」

「師匠！　実はちょっと考えがあるのです！」

サクラノは、ぐわっと俺に近づきながら言った。

素晴らしい案がありますよといった顔だが、不安だ。脳筋《のうきん》思考だしなあ。

「……聞くけど、どんな方法？」

「下手に道を歩くから迷うのです！　まっすぐに道を切り拓けば迷いません！」

サクラノは森を指さしながら言った。

褒めてー褒めてーと言いたげな彼女に俺は言ってやる。

「天才か……」

道がなければ道をつくればいい。下手に歩くから迷うのだ。

確かに！

「そ、そうでしょうか？」

「サクラノは天才だよ！」

「え、えへへ！　わたし天才かー！」

「よーし！　そうと決まれば森をガシガシ切り拓いていこー！」

「はーい！　切り拓きますー！」

俺とサクラノは笑顔で武器を抜いた。

サクラノがまずは一閃。大木がズズーンと綺麗に倒れる。次に俺の一閃。大木がドドドドーンッとまとめて10本は倒れた。

「師匠！　すごーい！　すごいです！」

「いやいやサクラノの天才っぷりに比べれば、どーってことないない！」

「え、えへへ！　あ、岩がありますね！　どうしましょう！」

「岩はさ！　こうやって柄で殴れば壊れやすいぞ！」

「民家ほどの岩があっさりと！　流石師匠！　師匠は最高の師匠です！」

「はっはっは！　ほめ過ぎだ！　可愛い弟子め！」

「か、かわいい!?　え、えへへへへっ！」

サクラノが嬉しそうにバッサバッサと木をなぎ倒す。

俺もハイテンションで、木や岩や、ついでに滝をぶっ壊していった。

後になって思えば、数日間も森を彷徨いつづけていて精神がくたびれていたのだろう。脳も精神も疲れていたときに、今までの鬱憤《うっぷん》を晴らすような超強引な解決案。

思わず飛びついてしまったのだ。

そうやって森を開拓しつづける俺たちに、超不機嫌な声がひびく。
《キサマラ……大概にせいよ……》
おどろおどろしい声がして、開拓された森の空間が円を描いたように歪む。
湿り気のある風が吹きすさび、そして、空間が縦に裂けた。
空間の裂け目から青い手が伸びてきて、全身青白い男がヌッとあらわれる。
呆気にとられていた俺たちに、青白い男が告げた。
《おのれえ、人間ごときが……殺してやるぞ……》
青白い男は俺たちを睨む。
いわれもない殺意に、俺は急いで弁明した。
「ま、待ってくれ！　何かしらんが誤解だ！」
《森を荒らしたのはキサマラではないか》
「……すまん、誤解ではない！」
もしや大森林に住まう精霊の類《たぐ》いか。
正気に戻った俺は恐れ敬おうとしたのだが、サクラノが突撃した。
「おのれえ！　怪しいやつが！」
しかしサクラノのカタナが空を切る。
青白い男に斬撃はとおっていたのだが、まるで霞《かすみ》を斬ったようにすり抜けたのだ。
《ふははっ！　人間ごときの刃が我にとおると思うてか！》

青白い男は高笑う。

「狡噛流！　梳《す》き噛み！」

ガビュッと、空気を噛むような音が聞こえた。

青白い男の体がわずかに斬れる。

《ぐわあああ!?!?!?　わ、我の体があああ!?!?!?》

「やはり無形《むけい》のものであったか。であれば、無形斬りがよくとおるな」

サクラノは得意げにカタナを構えた。

いかん。このままではよくわからんものを、よくわからんまま倒してしまう。

何もわからず一方的な加害者にはなりたくない。

「待て待て待て!!」

俺は何度この台詞を言えばいいんだ！

「わかっています師匠！　次はしっかり首を落としますゆえ！」

「ゆえじゃない！　話を聞く前に斬りかかるんじゃーないの！」

「しゃべれる程度には生かしておけと！　流石師匠！」

流石師匠じゃないわい！

俺はサクラノを遮るように立ち、青白い男に申し訳なさそうに語りかけた。

「あ、あの……大丈夫ですか……？」

《大丈夫なわけあるか！　我はな！　斬られたのだぞ！》

「ですよね……斬られましたよね。それで……いまさらなのですが、私たちに酷くご不満を持っていたようですが……？　その理由を聞かせていただけませんか……？」

俺は門番らしく、苦情に耳をかたむける姿勢になる。

《見てわからんか！　この森を！》

「開拓されていますね……」

《誰のせいだ！　言うてみろ！》

「私たちのせいですね……」

やはり精霊の類いか。森を荒らす不届き者に激怒したと。謝ってすみそうにないな……。

「私どもの事情を話させていただきますと、数日前から森で彷徨っておりまして……。森から出たくても出られなく、こうなればと乱暴な解決策を……」

《はっ！　当たり前だ！　我の術で彷徨《さまよ》わせていたからなっ！》

あん？

「えっと……あなたが俺たちに術をかけて、数日間も彷徨わせたと？」

《そう言ったろうが！　流石人間、わずかな言葉も覚えられんようだな！》

「…………何か、怨まれることでもしたでしょうか？」

《お前らだろうが！　気色の悪い蜘蛛どもを大森林に解き放ったのは！　蜘蛛め、ずっーーーと洞穴に閉じこもってればいいものを……！　ああ、おぞましいっ忌々《いまいま》しいっ！》

俺はスンッと真顔になった。

「……理由はわかった。ちなみに、どうすれば許してくれたんだ?」

《許すわけがないだろうがバーーカ! お前たちは一生森で彷徨いつづけて死ぬのみだ! ブハハハハハハッ!》

俺はロングソードを抜いた。

「叩き斬るぞ、サクラノ」

「その言葉、まっておりました!」

サクラノは目を爛々《らんらん》と輝かせた。

精霊だろうがなんだろうが邪悪は邪悪。それに見逃しておけばボロロ村にも災厄がふりかかるだろう。離れていても俺は門番なのだ。仕事をしなければ。

《はっ! やはり人間どもは野蛮だな! 我のように遊び心がない!》

「遊び心で死ぬまで森で彷徨わせつづけるんじゃねーよ!」

俺が斬りかかる前に、青白い男が空中に浮かんで周囲を漂いはじめる。

すると、青白い男の体がブレはじめ、10体に分身した。

《力ずくは芸がなくて面白くないが……我の魔術で肉片残さず消し飛ばしてくれるわ》

分身した青白い男たちは、両手をかざす。

そして俺たちに向かい、魔術をいっせいに放ってきた。

火炎《かえん》魔術。雷撃《らいげき》魔術。氷結《ひょうけつ》魔術。光撃《こうげき》魔術。

俺は多種多様な魔術の嵐に、目を大きく見開いた。

懐かしい。王都の下水道でも似たようなモンスターが湧いたなあ。

青白い男とは違って、姿は丸っこくてふよふよと浮いているモンスターだ。分身するし、魔術をガシガシと放ってくるしで難敵だった。俺は何度も焼かれたり、電撃でシビシビしたり、氷漬けになったりもした。

あまりに難敵すぎて、他の兵士たちはどう攻略しているのかと尋ねたものだ。

『はあー？　下水道のモンスターを倒すにはどうすらばいいか？』

『そんなもん、今より強くなって物理で斬ればいいだけだろ』

『なんかごちゃごちゃ難しいことでも考えてんじゃねーの？』

『おいおい、そんなんで王都の兵士がつとまるのかよ』

難しく考えずシンプルに。なるほどなと俺は思った。

火炎魔術が襲いかかれば、速く斬ればいい。

霊撃魔術が襲いかかれば、もっと速く斬ればいい。

氷結魔術が襲いかかれば、とにかく速く斬ればいい。

光撃魔術が襲いかかれば、それより速く斬ればいい――そうすれば、対処できた。

俺は同じようにして、青白い男たちの魔術をすべて斬りふせる。

《バカな!?　我の魔術が斬撃でかき消されただと!?》

取り乱した青白い男たちに、俺は間合いを詰める。

《ふ、ふんっ！　我が本気になれば、お前たちの攻撃などいっさいとおらん！》

そうなんだよなー。

こういう実体をもたない系、倒すのに最初ホント苦労した。

何をやってもスカるし、あっちは一方的に攻撃するしで……。一時期はストレスすぎて、小さな円形ハゲができたぐらいだ。

対処方法がわかったら、あとは楽だったが。

「せやああああああっ！」

とにかく、めーっちゃめっちゃ速く斬ればいい。

俺は青白い男たちをまとめて斬り伏せた。

《うそだ……。わ、我が、人間ごときに……う、うそだああああ………》

青白い男たちは断末魔をあげて霧散する。

俺は残心のちロングソードを納刀すると、サクラノがぴょんぴょんと飛び跳ねてきた。

「師匠！　師匠！　師匠！」

「お、おう、どったの？」

「無形斬りをあんなにも素早く、それでいて精度も高く……！　わたし、師匠には毎度驚かされてばかりで、常に感服が更新しております……！」

サクラノの尊敬の眼差しに、俺はうろたえながら答えた。

「あ、あれな。難しいことを考えずに速さ重視して斬れば、実体ない系は斬りやすいぞ」

「そうなのですか！　精進いたします……！」

同僚のアドバイスだし、そう感心されると心苦しい……。

ん？　森の様子がおかしいな？

「サクラノ、森の気配が変わったか？」

「そういえば……どこかズレるような感覚が消えておりますね。術が解けたのでしょう。さきほどの青白い男、もしや高位の精霊だったのでは？」

サクラノの疑問に、俺は考えこむ。

悪戯にしては度が過ぎているし、青白い男というビジュアルも可愛げがない。

常に人間を見下していた態度は、傲慢が形になったかのようだ。

「ないない。精霊ってもっと可愛い容姿じゃないの？　きっと大森林限定の雑魚モンスターだよ」

「そ、そうですか。師匠がそう言うのであれば、そうなのでしょうね」

サクラノはちょっと納得できなさそうに言った。


術も解けてもう大丈夫かと思えば……相変わらず大森林を出られなかった。俺たちはパルバリー神聖国の深部まで侵入していたようで、帰り道がとっくにわからなくなっており、歩けど歩けど見たところのない場所にでる。

率直に言えば遭難だ。

とっくに夜はふけ、俺とサクラノは月明かりを頼りに森を歩きつづけていた。

ホーホーと梟の鳴く声や、ウオオンと狼のような雄叫びが聞こえてくる。

サクラノは少し疲れた顔で俺に提案してきた。

「師匠ー、やっぱり森を切り拓きながら進みましょうよー」

「それはもう諦めて。精霊どころか、エルフに睨まれたくない」

とっくにパルバリー神聖国内だ。

ガシガシと森を切り拓いている人間をエルフたちはどう思うか。

不審者で終わればいいが、間違いなく穏便にはすまないだろう。

「もし投獄でもされたら……。俺はまた仕事をクビになるわけにはいかないんだ」

「それはもう諦めたほうが」

ええい、数日無断欠勤したぐらいがなんだ。俺は諦めんぞ。

というか心配して捜索してくれてもおかしくないとは思うが……。まさか俺の印象が薄すぎて、忘れられたってことは……ないよな……？

不安になっていた俺に、サクラノが服をついついと引っぱってきた。

「師匠、人がいます」

「ほんとか!?」

「はい、そこの湖に」

茂みの奥に目を凝らすと、月光でぼんやりと光る湖畔に人がいた。

小さな女の子だ。

月光浴をしているのか、長い銀髪を湖につけながらチャプチャプと全身に水をかけている。布の服がべったりと体に張りついていて蠱惑《こわく》的……でもないか。子供だし。

けれど、やけに大人びた表情をする子だな。

と、少女の耳がとがっていることに気づいた。

「サクラノ。あの子エルフだ。初めて見た」

「師匠、王都住みだったのに、エルフを見るのは初めてですか？」

「貴族は関わりあるようだけど、俺は末端だし。それに王都で兵士をやっていただけで、実はド田舎出身でさ。王都には3年しか暮らしてないし、こっちの事情はそこまで詳しくないんだ」

「では、わたしとそう変わりませんね」

遠方出身同士で仲間と思ったのか、サクラノは嬉しそうだ。

俺の故郷、ホントびっくりするぐらい何もないド田舎だぞ。

「まあ、近くにエルフの村がありそうだな。俺、声をかけてくるよ」

「え？」

サクラノが信じられないといった顔をした。

「師匠。あの子、水浴びをしていますよ？」

「しているが？」

「女の子ですよ？」

「女の子だが？」

何を言いたいのかわからず俺が困っていると、サクラノが呆れたように言う。

「女の子の水浴び中に近寄ってはいけませんよ」

「ははっ、まだ小さな子じゃないか。あの子もそんなこと気にしないって」

「しーしょーうー」

「何もやましいことをするわけじゃないし」

サクラノがじーっと見つめてくる。

何かあらぬ疑いをかけられているようだが、俺は笑顔で言ってやった。

「王都の噴水では、あれぐらいの子が人目を気にせず遊んでいるぞ」

「しかし、何やら神聖な雰囲気も感じますし」

「大丈夫大丈夫。むしろこーゆーのは気にしすぎるほうが良くないって」

「わたし、たまに思うのですが。師匠は天然ではないかと……」

失敬な。勤務態度は真面目でとおっていた兵士だぞ。

思いこみが強いところはあるって勤務評価に書かれたことはあるけれど……。兵士長には天然だって言われたけれど……。だが、自分が天然だと感じたことはない。

「俺は声をかけに行くよ。さっさとこの森を抜けたいし」

サクラノも流石に同意見か、もう異を挟まなかった。

俺は少女を不安にさせないよう笑顔で茂みを抜けだし、湖にチャプチャプと入って行く。

「君ー、ちょっといいかなー？　俺たち道に迷っているんだけどー」

笑顔の俺に、女の子がバッと顔を向ける。

この世にあらざるものでも睨むかのような目つきで、少女は叫んだ。

「貴様！　不敬であるぞ！」

何百もの殺気が俺たちを取り囲む。

湖の反対側から、数百人のエルフが俺たちを弓で狙っていた。

◆

パルバリー神聖国は部族社会だ。

エルフといってもウッドエルフ、ダークエルフ、ケイブエルフと、ルーツは同じでも種族が多岐にわたる。氏族《しぞく》がそれぞれで集落を築きあげ、氏族の長《おさ》は他集落との橋渡しとなり、国内にある世界樹で年に数回ほどサミットを行う国家体制らしい。

小さな集落でも氏族の長はコミュニティの顔であり、絶対君主だ。

『もし氏族の長に会うことがあれば、決して失礼のないように』と兵士長から教わっていた。

そして、俺が今どうしてこんな話を思い出したかといえば……。

水浴びしていた女の子が、ビビット族の長だった。

「――して、モブっぽい愚かな者よ。申しひらきはあるかえ？」

大きなツリーハウス。ここの氏族を象徴するような置物や祭壇が祀《まつ》られた、あきらかにお偉い人が会議する場所で、俺とサクラノは部屋中央に座らされていた。

部屋の両端には武装したエルフたち。

そして上座に、あの女の子――メメナ＝ビビットが正座している。

少女の高級感ただよう服は、高貴な者と悟らせるには十分すぎた。

「ははぁ……っ！　私どもは怪しい者の術により、森を数日間彷徨っていたのでございます！」

下っ端根性染みついていた俺は、つい仰々しい台詞になった。

「ほう、精霊に目をつけられたと申すか？」

メメナはギラリと俺を睨んだ。

あまり殺気はぶつけないで欲しい。サクラノの瞳がうっすらと赤くなっているから。

書物や噂で見聞していたエルフの里。大樹と大樹にあいだには吊り橋が縦横無尽に張りめぐらされていて、エルフは大樹のうえで生活していた。幻想的な光景に、俺はエルフたちに連行されながらも興奮していたが。サクラノは別の意味で興奮していた。

『師匠、師匠。……殺陣《たて》りますか？』

『た、たて？　……そのタテりってのは、どういう意味だ？』

『敵陣深くでバッサバッサと斬りながら暴れまわる行為です』

と、サクラノは連行されながら周囲に剣気を飛ばしていた。

彼女はエルフの敵意を浴びて、戦闘態勢に移行しつつある。

俺がメメナへの返答を間違えば、エルフと敵対しかねない状況にあった。

「精霊ではございません。邪悪な者でした」

「邪悪な者？　……確かに森には邪悪な者もおるが、そうそうは目をつけられんぞ。お主、何をしたんじゃ？」

「……禁忌の洞窟に住まう蜘蛛の、生活圏を拡大させました」

メメナは片眉をあげた。

「なるほど、ボロロ村の件か。伝わっておるぞ。蜘蛛を嫌う、精霊や浮遊霊はおるじゃろうな」

「私は両者の調印式に立ち会いました。それで目をつけられたようです」

「ふむ？　お主、立場のある者かえ？」

「いえ、ボロロ村の門番でございます」

「……ただの門番が大事な調印式の立会人になったのか？　よく理解できんな」

「成り行きで……」

そう答えるしかなかった。

するとメメナが武装したエルフたちに目配せして、彼らはいっせいに剣を抜いた。

「ま、待ってください！」

「命乞いか？」

「ここで私たちを斬り捨てようとする……り、理由をお話しください！」

サクラノの瞳が赤く染まりつつあったので、俺は冷や汗を流した。

「お主が立ち入った湖はな、ビビット族の聖域じゃ。精霊王ブルービビット様が術で結界をはっておるゆえ、普通の人間は入れん」

「え？　け、けれど……」

「お主たちは嘘を吐いておる。あるいは、何か隠し事があるかじゃ」

何か目的があって侵入したのではないか。

メメナの瞳がそう語ってきた。

「お主、精霊王ブルービビット様とお会いしなかったのか？　精霊王様は人間を特に嫌っておるお方じゃ……。湖に近づけば必ず姿をあらわすはずじゃがのう……」

俺は思い返してみるが、それらしい精霊はいない。

邪悪な青白い男とは戦ったが、精霊なんて可愛らしい存在とは会わなかったな。

どうする？　この場が丸く治まるように話をでっちあげるか……？

「………会いませんでした」

「ふむ」

不義理を働いておいて、嘘を吐くのは誠意に欠ける。

敵対する意思はありませんと深々と頭を下げると、メメナから殺気が消えた。

「お前たち、武器を下げてもよいぞ」

「えっ!?」

俺が驚いて顔をあげると、メメナは温和な笑みを浮かべていた。

「脅して悪かったのう。隠し事がないか探ってみたが……本当に何もしらんようじゃな」

「そ、それでは……！」

「無罪放免じゃ。ま、ワシの水浴びをのぞいたことは、まだちょーっと怒っておるがな」

メメナはケタケタと笑う。

ついでにサクラノのほらみたことですかーという視線が俺に突き刺さった。

「本当に申し訳ありませんでした……」

反省します……。

ひとまず殺陣《たて》りはなさそうだと俺が安堵の息を吐くと、エルフの青年が叫んだ。

「いけません！　母《かあ》……メメナ様！」

これぞ美エルフといわんばかりの青年が俺を睨んできた。

モブっぽい俺とは対照的すぎて、俺はちょっと引け目を感じる。

「……どうしたんじゃ。モルルよ」

「こやつはメメナ様の半裸を見た……いいえ、エルフの聖域にズカズカと立ち入ったのです！　このまま無罪放免は他の者に示しがつきません！」

「ならば、どうせいと言うんじゃ……？」

メナナはちょっと呆れたように言った。

「この場での決闘をお許しくださいませ！」

「……モルル、それは私闘じゃないのか？」

「公明正大な決闘でございます！　こやつも剣を携える者であれば、腕に覚えがあるのでしょう！　両者が己のプライドに賭けて戦うことで、他の者も納得しましょう！」

「モルル……お前に剣で勝てる者などそうおらんじゃろ……」

「ははは、ボクもそこまでうぬぼれてはおりませんよ！　しかし、あの、いかにもモブっぽい者よりは強いでしょうな！」

どうやらモルルと呼ばれた青年は相当剣の腕が立つらしい。

みんなの前で俺を痛めつけることでケジメをつけさせたいようだが……。

「師匠ー、手加減してあげてくださいねー？　圧勝すぎては可哀相ですし」

サクラノが大声でわざとらしく言った。

モルルの言動が気に食わなかったようで、サクラノの笑顔は怖い。

モルルが俺を睨む。

「人間、ボクに手加減をすると？」

「えっ!?　い、いや、俺は……」

「師匠はー『お前をボッコボコにして泣かしてやる』と言っておりますー」

「サクラノ!?」

サクラノの挑発に、モルルが白銀の剣を構えた。

俺の安いロングソードより立派な剣を突き出して、まっすぐに突貫してくる。

「いざ尋常に勝負だ！　人間！」

「いきなり勝負をはじめて、いざもねーよ!?」

俺は正座したままでロングソードを抜く。

ガキンッと、お互いの剣が重なりあった。

「……？」「こ、この人間……!?」

やけにゆるい斬撃だな。本当に腕の立つ者なのか？

俺は正座したまま、何回か打ちあう。

なんだこの情けない剣技は、まるで手加減しているみたいだ。俺をみんなの前で痛めつけるんじゃないのか？　もしや……俺に花を持たせようとしている、とか。

確かにモルルの言ったとおり、俺を無罪放免では示しがつかないだろう。だからこうして決闘してみせて、それでいて部外者の俺に配慮もしてくれているのでは？

な、なんて……なんて良いやつなんだ！

「き、貴様！　何をニヤつているか！」

モルルは剣速をあげたが、一撃一撃が軽い軽い。サクラノよりもずっと貧弱な斬撃だ。座ったままでも余裕でいなせるな。

えーっと、これはまさか早く攻撃を当てて、勝負を決めろってことか？

それならばと、俺はちょっとだけ力をこめる。

「せいっ」

相手を傷つけないよう、剣の腹を押し当てるように攻撃する。

モルルはまっすぐにふっ飛んでいき、そのまま棚につっこんだ。

静寂《せいじゃく》が場を支配して、エルフたちはあんぐりと口をあけている。サクラノはドヤ顔でいた。

「うむ！　勝負ありじゃな！」

そしてなんでだか、メメナが一番嬉しそうにしていた。


数日後。

「――ビビットの森にようこそ！」

俺の快活な門番台詞が、晴れた日のビビット族の集落にひびいた。

大樹のド真ん中。下界へとつづく螺旋《らせん》階段の出入り口で、俺はにこやかに立っていた。

周りのエルフからは白い目で見られたが。

「何をしているんだあの人間は……」

「メメナ様が門番として雇ったそうよ」

「……なぜ人間に我らの門番を？」

「さあ。……なんにせよ、メメナ様の望みであれば叶えてあげたいわ」

ヒソヒソ話が聞こえてくる。メメナはみんなから慕われているようだ。

無罪放免となった俺たちだが、すぐには帰れなかった。

どうやらビビット族は現在大事な儀式の最中で、外界との交流を完全に断っているらしい。村の外に出ることも禁じられているようで、掟であれば俺たちも従うしかなかった。

あと、メメナの水浴びも神聖な儀式だったとか。

メメナが俺たちに寛大な処置をしたのだと知った。

ちなみに門番の仕事は、俺から少女に頼みこんだ。

『仕事とな？　ふむ。儀式が終わるまで、客人としてもてなす気でおるのじゃが』

『迷惑をかけておいて、何もしないわけにもいきませんし……』

『殊勝《しゅしょう》な心がけじゃな。それでは、武術顧問など――』

『そんなたいそうなものではなく、門番の仕事でもあれば』

『門番？　お主、そもそもボロロ村でも門番じゃったようだが、まことか？』

『え？　はい、そうですけど……？』

『ははは っ！　門番……！　お主ほどの男が門番か……！』

何がおかしいのか、メメナはけらけらと笑った。

とにかく気に入られたようで、俺は門番のお仕事にありつけたわけだ。

「ビビットの森にようこそ！」

俺は一生懸命、門番の仕事に励んでいた。

まあ誰か来るわけでもないので暇なのだが。声出しは門番アピールだ。ただエルフからは奇異の視線で見られるし、サクラノはつまらなそうに俺の服をひっぱってくる。

「師匠ー、何もまた門番の仕事などしなくてもー」

「俺、気づいたんだ。俺はどこにいても門番をするのが運命じゃないかって」

「師匠は門番ではなく、わたしの師匠が運命です！」

サクラノはぷくーっと片頬をふくらました。

修行を付き合うといった手前、俺の時間が仕事に割かれるのは不満らしい。師事する相手を間違っているとは思うのだが。

「仕事が終わったらいくらでも付き合うよ」

「……はいっ！」

満面の笑みだ。無下にはできんよなあ。ちゃんとした師匠を見つけることも俺が考えていると、真上から声が聞こえてきた。

「おー、門番仕事に精をだしているようじゃなー」

メメナが大樹の枝をぴょんぴょんと飛び移りながらやってきた。

少女は俺たちの前で華麗に着地して、ニコニコと笑っている。

「メメナ様」

俺が様づけで呼ぶと、メメナは思いっきり目を細めた。

「様？」

「メ、メメナ……」

「うむ。メメナじゃよー」

メメナはころりと機嫌よく笑った。

メメナは俺たちに『様づけ禁止。敬語禁止』の命令をだした。不敬すぎないかと思うのだが、従わねば毎日味気のない薬草料理だとも言われて、俺は気軽に（気軽に？）接するほかなかった。

「メメナ、どうしたんだよ」

「楽しくおしゃべりしにきたに決まっておろう。ビビットの森に、外の者は滅多にこんからのー」

「でも俺はド田舎出身で、外の面白い話なんてそうそう……」

俺はサクラノをちらりと見る。

「わたしも似たようなものですし。それより師匠、また下水道の話をしてください！」

「おおっ、ワシも気になるな。その話は興味深かったぞ！」

「下水道の話でいいのか……？　そんなに面白い話だったかな」

王都での話があまりに少なくて、下水道のことを語ったのだが、二人は興味を持っていた。

雑魚狩りの話なんて面白いかな……。まあお望みならば。

俺は空飛ぶスライムの話をしようとすると、モルルが血相を抱えて走ってきた。

「母様《かあさま》……っ！　また人間なんかと一緒に……！」

モルルはメメナをかばうようにして、俺たちの前に立った。

そんなモルルに、メメナは厄介そうにする。

「あーあー、うるさいのう。ワシの好きにさせんか」

「神聖な儀式の前です……！　母様もご承知でしょう！」

「だから好きにしておる」

メメナが真顔でそう告げると、モルルは押し黙った。

なんだ？　儀式の前なら好きにするのか？　というか、だ。

「なあ、母様って……？」

メメナはしまった、といった表情をした。

「……モールールー。お前のせいじゃぞー？」

「な、何も隠す必要はないでしょう！　いつかはバレるのですから！」

何も隠す必要。いつかはバレる。小さな女の子にたいして母様呼び。

俺はぴーんときた。直感だ。

「あんた」

「なんだ人間。ボクに話しかけるな」

「小さな女の子相手を母呼びなんて……。自分の性癖に素直なんだな……」

「はあ……!?」

モルルは困惑した表情を浮かべた。

「いや誤解しないでくれ、決して馬鹿にしているわけじゃないぞ。むしろ自分の性癖を恥じることなく、大っぴらにしていることに尊敬している」

「待て！　人間！　何か勘違いしているだろ!?」

小さな女の子相手に、母のように接したい性癖があるとは聞く。

以前、兵士長が『オレがそうだ』と酔った勢いでぶっちゃけていた。かなり特殊すぎると思うのだが『人の性癖をとやかくいうものではない』と兵士長から教わっている。

ちなみに俺は熟女好きだ。そのせいか兵士長とはわかりあえなかった。

「人間！　やめろ！　その生温かい目線は！」

モルルが顔を真っ赤にして怒鳴っている側で、メメナが腹を抱えて爆笑した。

「ぶははっ、そーなんじゃよ！　こやつは甘えん坊でなー、小さなワシを母などと！」

「母様!?」

「いい加減、一人立ちして欲しいものじゃ！　兄様《にいさま》もそう思わんか？」

兄？　誰のことだ？

ワンテンポ遅れて、俺のことだと気づく。

「……兄って、俺？」

「うむ！　ワシは小さな女の子ゆえなー。頼りがいのある男は兄呼びしたいのじゃよー♪」

メメナはケラケラと楽しそうに笑う。

モルルは何が恥ずかしのか、さらに顔を真っ赤にさせた。

「おやめください！　母様！　おやめください！」

「イヤじゃよー♪　ワシは小さな女の子じゃもーん♪」

「もーんって、母様……！」

二人は何をやっているんだかとサクラノに理解を求める視線をやれば、サクラノは『本気で言っています？』みたいな視線を返してきた。

うん？　メメナが寂しがり屋なことはちゃんと察したぞ。

深夜。澄みきった夜空には、満月が浮かんでいる。大樹の木々がまぶしい月明かりをほどよくさえぎり、地表から数十メートルも離れた場所のツリーハウスでは、涼しい風がそよそよと吹いていた。木の葉がこすれあう音が子守唄代わりにもなっていて、かなり居心地がいい。

次に生まれ変わるときはエルフがいいなあ。俺は大きなキノコベッドでまどろんでいると、ずしりと腹が重くなる。

「……んあ？」

ぼんやりと目をあける。

銀髪の少女が俺の腹で馬乗りになっていた。

「メ、メメナ……!?」

「しーっ。兄様、静かにじゃ。騒ぎになっては困るぞ」

メメナは猫っぽい瞳で、俺の唇に人差し指をあてた。

「な、なんで、俺の寝床にいるんだ……？」

「兄様を夜這《よば》いしにきたんじゃ」

メメナはにまーっと妖しく微笑んだ。

メメナはときおり大人っぽい表情や仕草をする。

自分にその趣味がないとはいえ、チラチラと見える少女の柔肌にはちょっとだけドキリとした。まあ、十分理性を保っていられるが。

「……さっさと用件を伝えてくれないか？」

「なんじゃ、つまらんー。もうちょっとワシにドギマギしてくれてもええのにー」

「モルルに見つかって騒ぎになったらドギマギするかもな」

「ははっ、それはワシもドギマギしそうじゃ」

メメナは悪びれもなく微笑み、俺の腹から飛びおりた。ビビット族の長《おさ》でいるときは泰然とした態度でいるが、こういう奔放なところが少女の素なのだと思う。

なんというか猫っぽい。そんなメメナは後ろ手を組みながら俺に頼んできた。

「兄様、ちょっとワシと夜のデートに付き合ってくれんか？」


「――これはすごいな！」

俺の眼前には、大森林が一面に広がっていた。

ビビット族の長が住まう、大樹の頂上付近。太い枝を切り拓いた展望台に俺たちはいた。大森林が地平線いっぱいまで広がっていて、パルバリー神聖国を見渡せる。山のように盛りあがった森が見えるが、他の氏族が納める地域だろうか。世界樹らしき大樹もはるか彼方に見えた。

「気に入ってくれて何よりじゃ」

メメナは展望台のふちに立ちながら微笑んだ。

「こんなに見晴らしの良い場所は初めてだよ」

「王都の城から見える景色も立派じゃろうに」

「俺は末端の兵士だったし、王城なんて行ったことないよ」

メメナは上機嫌そうに笑う。

「そーかそーか。ビビット族でも展望台は限られた者しかこれん。心して楽しむように」

「へっ……!?」

いくら長が許したとはいえ、俺はただの門番。もとい人間だ。気軽に立ち入ってよい場所じゃないとわかり、ちょっと焦る。

「ど、どうして、俺なんかを誘ったんだ……?」

「モルルをふっ飛ばしたからじゃ」

予想外の返答に、俺は頭を掻く。

「決闘に勝つのが立ち入る条件……ってわけじゃないよな」

「ははっ、もちろんじゃ。……あやつはな。ビビット族の次なる長として、ワシの跡を継ぐ者なのじゃが。腕は悪くないが少々頑固すぎるというか、視野が狭いというか……特に人間を見くびる癖がある。人間からすれば、さぞ嫌なやつじゃろう?」

「そんなことはない。良いやつだよ」

俺を立てるためにわざと負けたり、少女を母様呼びする性癖をあけすけにしていたり。

普段はツンツンしているが、良いやつだ。

「そー言うてくれると助かる。モルルも認識を多少改めたのか、兄様と会話はするようじゃしな。ワシ的にはモルルが長になった後、兄様が目にかけてくれると嬉しいんじゃが……」

「メメナの代替わりなんてまだまだ先の話だろう？」

メメナが成人になるなんて何年後の話だ。

数年後、俺もこの地方にいるかどうか。

「いや、ワシはあと数日で長を辞める」

メメナはふっと笑ったが、その表情はどこか冷たく感じた。

「数日？　……それって、今やっている儀式と関係があるのか？」

「兄様は察しが悪いのか良いのか、わからんやつじゃのー」

メメナは苦笑した。察しは良いほうだぞ。

「…………ワシはな、森に還るんじゃ」

メメナは展望台のふちに腰をかけて、大森林すべてを受けいれるように見つめた。

少女は母親のような表情でいて、俺は静かに言葉を待つ。

「……ビビット族はの、精霊王ブルービビット様の庇護で生きておる氏族じゃ。精霊王様の術のおかげで、邪悪な存在はワシらの領地には入れん。……その代わりじゃが」

メメナは湖の方角に視線をやる。

「精霊王様を支えるためのエルフが一人、必要なのじゃ」

「まさか、森に還るってのは……」

「つとめを終えた氏族の長は、精霊王様を支えるために、エルフすら迷う深淵《しんえん》の森へと向かう。ワシはもう二度と、みなの顔を見ることはないじゃろう」

信じられない話に、鈍器で頭を殴られたような衝撃がはしる。

どうしてメメナが生贄にならなければいけないのか。

どうしてメメナはすべてを悟ったかのように言えるのか。

少女はそんな俺の心を見透かしたように言う。

「生贄などと思わんでくれよ」

「……け、けど！」

「持ちつ持たれつ。精霊王様のおかげで、ビビット族の繁栄があったのは確かなのじゃ。親から育てられた恩を、子が返すだけの話じゃよ。ちょっと変わった親子関係じゃ」

「そんなの親子の関係じゃない！」

俺はそう言うので精いっぱいだった。

間違っている。けれど、ビビット族のことをよく知らない俺が一方的に断じていいのか。

救いたい。しかし、メメナは救いなど必要ないと瞳で語る。長の責務から逃げ出そうとせず、じっと俺を見据えていた。

「そうじゃのう……。親子の関係じゃないのう」

メメナは、まるで子供を育てあげたことがあるように寂しそうに笑った。

俺が精霊王ブルービットとやらを倒すことができれば……。

しかしただの門番が、エルフの掟に介入していいのか。

メメナも持ちつ持たれつと言った。俺が気に食わないから倒すなんて野蛮にもほどがある。

ああっ、くそうっ……！　その精霊王ブルービットが、俺とサクラノを森で彷徨わせた青白い男みたいに傲慢で邪悪であればわかりやすいのに！

「……すまんのう。掟とわかっていても、誰かに聞いて欲しかったのじゃ」

俺があまりに悔しそうな顔でいたからか、メメナが静かに微笑んだ。

俺はそんな少女に手を伸ばしかけようとした――そのときだ。

ぶおおっと角笛が鳴りひびき、見張り兵の声が聞こえてくる。

「敵襲！　敵襲だ！」


俺とメメナが大樹の麓《ふもと》まで駆け降りると、既に小規模な戦闘が行われていた。

かがり火が灯された森で、数十ものエルフたちが、白銀の剣を煌めかせている。

暗闇の中から、ビィンッと矢が放たれる音が無数に聞こえる。怒声と叫び声がいたるところから届いてきた。

エルフたちは散り散りになりながら戦い、ジリジリと押されているようだ。

奇襲に統率がとれていないんだ！

「⁉　何か、くる……！」

奇妙な圧を感じて、俺はロングソードを抜く。

闇の中からまるで扉をくぐるように、骸骨がヌッとあらわれる。

鎧と剣で武装した骸骨戦士《ボーンウォーリア》だ。

骸骨は俺の視界に入るなり剣をスラリと構えて、襲いかかってきた。

「ちっ！　問答無用か！」

骸骨系は面倒だな。やつらは群れるし、何より再生力がある。頭や部位を失っても、他の骸骨モンスターの骨を接いで襲いかかってくる。

そんな相手には、頭から背骨にかけて一直線に叩き割る斬撃。背骨ごと粉砕すればやつらは身動きとれなくなり、二度と再生してこない。簡単でしょ。

「サクラノ！　どこだ⁉」

こんな騒動、彼女が大人しくしているわけがない。

やはりというか、闇夜で赤い線が迸る。興奮したサクラノの瞳だ。

「師匠ー！　あなたの弟子はここにいますー！」

サクラノがカタナを手に、闇からあらわれる。

いつになく溌剌とした表情だなあ。

「師匠ー！　師匠ー！　倒しても倒しても再生するモンスターは初めてですー！」

「骸骨系は背骨を狙え！　身動きとれなくなるぞ！」

「なるほど！　ひたすら砕きまくっておりました！」

それはそれでシンプルな解決策ではあるが。

「しかし師匠！　モンスターの夜襲とは……！」

「ああ！　サクラノ、大変だと思うが――」

「実に滾りますっ！　今宵は骸骨共の骨が砕ける音を、子守唄代わりにしましょうね！」

サクラノの瞳がギンギラギンに赤く輝いている。

モンスターに間違われて、エルフに攻撃されるのじゃないかと少し不安になった。

興奮したサクラノには気をつけるよう、メメナに注意しおうとしたが。

「メメナ？」

側にいたメメナがどこにもいない。

いや、いた。30メートルほど先。10数体の骸骨戦士《ボーンウォーリア》が、奇襲に混乱しているエルフたちに襲いかかろうとしている。

メメナは仲間を助けようと、一直線で駆けていた。

「メメナッ！　危ない！」

俺は叫びながら駆けていくがメメナは止まらない。

少女の右手には、小弓が握られていた。

不思議なことに弓には弦がない。というか矢すら持っていない。まさか慌てすぎて壊れた弓を持ちだしたのではと思ったが、杞憂《きゆう》だった。

メメナが小弓に指をそえると、小弓に光の弦があらわれる。

「光陰五月雨《アローレイン》！」

小弓から光の矢が骸骨戦士の数だけ放たれる。

骸骨戦士の頭蓋骨がいっせいに射抜かれると、やつらは光に包まれて蒸発した。

魔導弓だ……！　初めて見た！

幼くても氏族の長。戦えて当然なのだと俺は感心した。

「みなの者！　誰も怪我しておらんな！」

メメナがそう叫ぶと、混乱していたエルフたちの表情がひきしまる。

「はっ！　負傷者はおりません！」

「骸骨どもの数はっ！」

「付近の敵は100体ほど！　大樹の麓で押しとどめております！」

「女子供はどこじゃっ！」

「集会所に避難させております！」

「わかった！　ひとまずやつらを押しかえすぞ！」

メメナが頼りにされていることがよくわかる。

エルフたちは混乱から立ちなおると、闇夜から襲いかかる骸骨戦士《ボーンウォーリア》をあっというまに押しかえしていった。

そして状況が一旦落ち着いてから、メメナが改めて叫ぶ。

「誰ぞ！　状況を詳しく知る者はおらんかっ！」

と、モルルが剣を抜いたままメメナに駆け寄ってきた。

「母《かあ》……メメナ様！　この骸骨ども、深淵の森よりやってきたようです！」

「なっ⁉　まことか⁉」

「はっ……！　斥候部隊の報告によれば間違いないと……！」

モルルもメメナも他のエルフたちも、顔が青ざめていた。

深淵の森はメメナが精霊王を支えるために還る場所。邪悪な存在は精霊王が結界で退けていたはずだが？

俺ですらそんな疑問を抱くのだ。エルフたちにはかなりの動揺となったようで、表情を強張らせて立ち尽くしている。

「メメナ様……いったいどういうことなのでしょう？」

「メ、メメナ様、精霊王様に何かお考えがあるのでしょうか……？」

「メメナ様……わ、我々はどうすれば……」

誰も彼も少女にすがるような瞳を送っている。

メメナは視線には応えず、下唇を噛んでいた。

きっと答えはわかっている。けれど、みなを不安にさせまいという長の責務が、告げることを難しくさせている。なら部外者の俺が代わりに言うしかない。

「その精霊王さ。……モンスターに負けたんじゃ？」

俺の言葉に、モルルが怒鳴る。

「き、貴様！　不敬にもほどがあるぞ！　精霊王様が負けるわけがないだろう！」

「だったら、この森から去ったんだろうな」

「そ……そんなわけ……あるはずが……！」

「……メメナが水浴びしていた湖さ。ホントなら精霊王の術で人間は近づけないんだろ？」

「そ、それは……。だ、だが、精霊王様が何も言わずビビット族を見捨てるなど……！」

ざわざわと、不安と恐怖が入り混じった声がした。

エルフたちは家から放り出された子供のような表情でいる。精霊王がなぜいなくなったのかはわからない。けれど守護者がいなくなり、住み慣れた我が家が脅かされて、不安になる彼らの気持ちはよくわかる。

俺だって、王都を出るしかなかったときは悲しかった。生まれ故郷をド田舎だと言っているが、寂しくなるときだってある。慣れ親しんだ住処のありがたみは、俺にもよくわかっていた。

「深淵の森ってのは、どっちにあるんだ？」

俺の問いに、モルルがまばたきした。

「どっちとは？」

「そこからモンスターが湧いてくるんだろ？　ビビット族のみんなが状況を立てなおすまで、俺がなんとか時間を稼いでくる」

モルルは目を丸くした。

「人間……どうしてエルフのために……？」

「俺は、ビビットの森の……門番だからな」

みんなの居場所を守るために門番は存在するものだ。

俺の力強い笑みにモルルはあんぐりと口をあけ、そしてメメナが爆笑した。

「ふふふ……ふはははははっ！」

急に笑い出したメメナに、エルフたちが慌てふためいた。

メメナは乱心ではないと言いたげに胸をはり、彼らによく聞こえるように告げる。

「ふははは っ……！　いないものをあてにしても仕方がないのう！　精霊王様が我らを見捨てたのであらば素直に受けいれようぞ！」

「で、ですが、メメナ様……精霊王様がいなければ……」

屈強なエルフの声は今にも消えそうだ。

「何もできぬと申すか？」

「それは……」

「お主、あとは人間に任せて自分は安全なところで引きこもりたいのか？」

メメナにほくそ笑まれ、屈強なエルフの瞳に力が戻る。勇ましい戦士の顔だ。

メメナはエルフたちの顔を見渡しながら宣言した。

「みなの者、巣立ちのときぞ！　ここは我らの地、我らの故郷！　我らの手で守らねばな！」

モルルがすかさず拳を高らかにあげて、うおおおおと叫ぶ。

エルフたちも、うおおおおおと叫んで呼応した。

親離れのときがきたと言わんばかりに、彼らは闘志を燃やしていた。

「師匠！　今宵は鏖殺《おうさつ》ですね！　鏖殺！」

「……嬉しそうだなあ。うん、頼りにしてるよサクラノ」

「はい！　お任せください！」

サクラノが側にいてくれてよかった。彼女の旺盛な戦意は、俺に勇気を与えてくれる。

さあ、みていろ精霊王！

お前が見捨てたエルフたちの絆がここにあるぞ！


深淵の森は、冬の礼拝堂のような張りつめた寒気に満ちていた。

俺とサクラノは遊撃兵として、骸骨戦士《ボーンウォーリア》を狩りつづけていた。

エルフたちと慣れない連携をするよりは、好きに動いてモンスターの数を減らして欲しいとメメナから頼まれたので、こうして闇夜に紛れて奇襲をしかけている。

ガシャコーン、ガシャコーン。

俺が剣をふるうたびに骸骨が砕ける。

メメナ本隊の隙を狙う骸骨を、こうして先んじて潰しまくる。

しかし数にものを言わせたモンスターと戦うのは久々だなあ。

王都下水道のモンスターは種類豊富なだけなく、数がまとまって湧くときがある。全滅させてもまた数が湧くので、こまめな掃除が必要で大変だった。

今はソロ狩りに比べて楽だがと、俺は背後をふりかえる。

赤眼が闇夜で逆った。カタナの斬撃音が遅れて聞こえてくる。サクラノはかなり速く駆けているようだ。

俺も夜目には自信があったが、サクラノ曰く普通のことらしいな。

「師匠ー！　骸骨戦士《ボーンウォーリア》を片づけ終わりました！」

サクラノが闇から爽やかな笑みであらわれた。

うーむ、すがすがしいほどの武闘派。

「まわりの気配は探った？」

「探りましたが……うち漏らしがあったでしょうか？　師匠ほど気配探知の精度が優れていないので、見逃したやもです……」

気配探知は苦手らしい。

まだ彼女の前では師匠っぽくいられるようだ。

「骸骨や死霊系モンスターは倒した後が本番だ。気をつけて。ほら」

地面に散らばった骨がカタカタとふるえはじめる。

そして割れた花瓶が戻っていくかのように骨は一塊になり、腕八本、足四本の骸骨になった。

「師匠！　このモンスターは⁉」

「こいつはなっ、骸骨戦士《ボーンウオーリア》だ！」

俺は骸骨を叩き割るように剣をふりおろす。

骸骨は八本の腕と八本の剣で防ごうとしたが、カルシウム不足だな。

ガシャコーンと気持ちよく割れた。

「と、半端に倒しそこねた骸骨が、同族の骨を継いで復活したりするんだ」

「なるほど、っと⁉　師匠、新手です！　足が馬のような骸骨ですがアレはなんでしょう⁉」

足が馬の骨のような骸骨が、パカラパカラと地面を駆けてくる。

俺は骸骨の進行上に剣を置くようにしてふるい、ガシャコーンとやっつけた。

「こいつも骸骨戦士《ボーンウオーリア》だな！」

「なるほど……！　では、あの巨大骸骨はっ⁉」

今度は大木のような巨大骸骨があらわれる。

散った同族の骨を束ねに束ねた骸骨だ。威圧感はたっぷり。

俺は巨大骸骨の足を剣で砕き、倒れてきたところをガシャコーンと盛大に叩き割った。

「こいつも骸骨戦士《ボーンウオーリア》だ！」

「……師匠。もしかして、骸骨戦士《ボーンウオーリア》以外の名前を知らない、とか」

「なっ!? モンスターの名前に詳しくはないのはそうだが、これは知っているぞ！」

「さきほどから全部同じ名前です。どれも同じ種類には思えないのですが？」

む。いくら俺が暫定師匠とはいえ、弟子にはきちんと教えていたい。

えーっと、確か骸骨戦士《ボーンウオーリア》よりちょっと強いのが骸骨隊長《ボーンキャプテン》。

そして、機動力特化の骸骨速馬《ボーンタロス》。

それから、圧倒的な破壊力を持つらしい骸骨巨人《ボーンジャイアント》。

雑魚の骸骨戦士《ボーンウオーリア》と違い、骸骨速馬《ボーンタロス》と骸骨巨人《ボーンジャイアント》は強敵らしい。雑魚専の俺では倒せないだろう。

そして、骸骨たちを指揮する骸骨王《ボーンキング》。

骸骨王《ボーンキング》があらわれるところは死が集うとされ、大きな村であっても一晩で壊滅させられるほどの恐ろしいモンスターだとか。

今のところ、あらわれる骸骨の強さに大差はないから全部骸骨戦士《ボーンウオーリア》で間違いない。俺はそう説明しようとした、そのときだ。

「!?」「!?」

周囲の空気があきらかに変わった。

ずるり、ずるりと、布を引きずるような足音が聞こえてくる。

そして、妙に気品のある骸骨があらわれた。

真っ黒な双眸には蒼い炎が灯《とも》り、薄汚れた王冠とマントをつけている。

「師匠！ あいつは！」

「……ちょっと強そうだから骸骨隊長《ボーンキャプテン》だな！」

ちゃんと他の名前を知っているぞーとアピールしつつ。

とりあえず、ガシャコーンとやっつけておいた。

ううむ、さっきから雑魚ばかりで手ごたえがない。これほどの群れだ、それこそ骸骨王《ボーンキング》のような親玉がいるはず。俺たちがこうして戦っていれば、姿をあらわしてもよいだろうに。

そこで俺はハッと気づく。いつもの直感だ。

「サクラノッ！　本隊に急いで戻ろう！」

「え？　何ゆえですか？　今親玉っぽいモンスターを――」

「モンスターの主力は俺たちを無視して、本隊を一気に攻めるつもりなんだ！」

くっ……！　俺の力が助けになるかわからないが、間に合ってくれ！

◇◇◇

荒い呼吸のモルルは白銀の剣を骸骨隊長《ボーンキャプテン》にふるう。

骸骨の背骨をゴリッと破壊した音がする。

そうやって倒したはよいが、彼は疲労困憊だった。

「はあ……っ！　はあ……っ！　次！」

大樹の麓では、何百ものエルフが骸骨の群れと激闘を繰り広げていた。

骸骨戦士《ボーンウォーリア》相手なら一対一でも十分戦える。

しかし骸骨隊長《ボーンキャプテン》は、モルルでもタイマンはキツい。

さらに骸骨速馬《ボーンタロス》や骸骨巨人《ボーンジャイアント》ともなれば、エルフが十数人がかりで戦わなければいけない敵だ。

その強敵がチラホラと沸くので、常に全力で動きつづけなければならず、モルルの剣を握る力がだんだんと弱くなってくる。

「――光陰傘下《アローダウン》！」

光の矢が、空中から散弾のようにはなたれた。

メメナだ。魔導弓を手に戦場を妖精のように飛び跳ねている。

長《おさ》の華麗な戦いに、疲れていたエルフたちが活気づく。

「流石メメナ様！」

「我らの長！　我らの導き手！」

「みんな！　メメナ様につづけええええ！」

メメナは疲れなんかないといった様子で微笑んでいる。

立派な長だと、モルルは眉をひそめる。彼は母の活躍を快く思っていなかった。

(無理をしないでくれよ！　母様！)

昔からメメナはなんでも一人で背負う癖があった。長としては立派だと思うが、モルルは息子として心配でたまらない。精霊王のために深淵の森に還るという話も、モルルは大反対だった。

『ボクが精霊王様のもとに行くよ』

そう提案したモルルを、メメナは叱った。

悪戯をしても優しかった母親が、それはもうこっぴどく息子を叱った。

『モルル、先に還るのは親の権利じゃ。親の権利を奪わんでおくれ』

そう優しく諭されてもしまい、モルルは母の決意の固さを知る。

だからこそ儀式が終わるときまで、母の好きにさせようと考えていた。

妙な人間たちがやってきて、こっちの情緒はぶち壊しにされたが。

（……あの人間め。ビビットの森の門番だから、か）

あの男は村を捨てろと言わず、むしろ守ると言った。

嬉しいことを言ってくれると、モルルは骸骨戦士《ボーンウオーリア》と戦いながら苦笑した。

エルフ……特にビビット族は生きるため成長するために、魔素《まそ》が必要だ。

火・水・風といった世界を司る自然元素《エレメンタル》。

その中で魔素は特殊な元素だ。魔術のもとであり、モンスターの生命力であり、ビビット族の糧でもある魔素は独自で生成するのが難しい。

ゆえに深淵の森近くで住む必要がある。森には大量の魔素溜まりがあるからだ。

ただ、魔素溜まりはモンスターが集まりやすい。

だからこそ精霊王の庇護は必要だった。

ほんの昔、モルルが生まれる前のこと。

あの横暴な精霊王と関係がこじれた時期があったらしく、そのあいだは幼いメメナが率先して村を守ったと聞いている。

そのときメメナは魔素を使いすぎて成長が止まってしまった。

あの幼い体は村の誇りでもあるが、犠牲の証でもあるのだ。

（もう母様に犠牲は強いられない……！　誰も犠牲にさせるものか……！）

モルルは裂帛の気合で剣をふるう。

その気迫に、エルフたちが彼を中心に集まりつつあった。

次期族長としての大器が覚醒しつつあったのだ。

そうして大樹の麓に集まっていた骸骨は、モルルの指揮で駆逐できたのだが。

「モルル様！」

槍を手にしたエルフが駆け寄ってくる。

モルルは荒い息を懸命に堪えながら冷静に応じた。

「どうした？　新手か？」

「……骸骨王《ボーンキング》があらわれたと報告があがりました！」

モルルは絶句した。これだけの骸骨軍団だ、指揮をする骸骨王《ボーンキング》がいて当然だろう。精霊王の庇護下にいたせいで甘えがあった。考えがいたらなかった。

いったいこれから何十人のエルフが犠牲になるのかと戦慄する。

「……骸骨王《ボーンキング》はどこにいる？」

「そ、それが……あの人間たち近くに……」

モルルは苦悶に顔をゆがめた。

いかにあの男が強くても、ただの人間が骸骨王《ボーンキング》にかなうわけがない。

今頃はただの屍となって、骸骨王《ボーンキング》の配下になっているかもしれない。戦いが終わった後は大事な客人としてもてなす気でいたのにと、彼は無念に唇を噛んだ。

すると、メメナが駆けて行こうとする。

「モルル！　ここは任せるぞ！」

「か、母様っ!?　どこに行かれるのですか!?」

「決まっておろう！　あやつらを助けねば！」

「け、けれど、彼らはもう……」

「諦めてたまるものか！　今がワシ……いいや、我らのふんばりどきぞ！」

母の言葉にモルルは拳を握る。

そうだ。誰も犠牲を出さないと決めたじゃないかと、仲間に指示を飛ばした。

「各自、武器の状態を確かめろ！　戦える者は骸骨王《ボーンキング》討伐に――」

「――おーいおーい！」

門番の声が聞こえてきて、モルルは呆気にとられた。

だって、門番とサクラノが元気な姿で、深淵の森の方角から駆けてきたのだ。めちゃくちゃ無事な二人に、モルルもメメナも完全に言葉を失ってしまう。

当の門番は大慌てでモルルにたずねてくる。

「モンスターの主力は⁉」

主力とはなんぞと、モルルは混乱しながら答える。

「ボ、ボクたちが全部倒したよ……」

「ぜ、全部倒したのか⁉　す、すごいな……流石エルフの精鋭部隊だ……」

門番は尊敬するような瞳を向けてくる。

なんだかよくわからないが、とにかく人間たちは無事のようだ。

「に、人間……。お、お前たちのほうは……大丈夫だったのか？」

「……俺たちのほう？」

「強いモンスターがいただろう？」

「いや雑魚だったよ」

「……雑魚？」

「ああ、雑魚だった。エルフのみんなが無事で良かったよ」

骸骨王《ボーンキング》が雑魚なわけがないのに、門番は笑顔で雑魚と言いきった。

こんな、こんな人間がいるのか。エルフの村を守り、エルフを気遣う。もしかして自分たちを不安にさせないためなのか、骸骨王《ボーンキング》を笑顔で雑魚と呼ぶなんて。

モルルは生まれて初めて人間に感銘をうけた。

「親友……！　君ってぇやつは‼‼‼」

押しよせる感動に突き動かされて、モルルはそう叫んだ。

◇◇◇

骸骨軍団襲来から数日が経った。

ビビットの森は平穏を取りもどしたが、以前と空気が少し変わっていた。

俺は大樹の麓まで見回りに行くと、エルフたちのかけ声が聞こえてくる。

一糸乱れぬ型稽古。弓による的当て。連携訓練。

エルフは美しい外見の者ばかりで一見温和な民族のようだが、武闘派が多い。仲間との連携を重視しているのも、自然の厳しさを知っているゆえか。

そんな彼らの訓練を見守っているのは、金髪碧眼の美女エルフだ。

美女エルフは俺と目が合うなり、笑顔で右手をあげた。

「親友！」

美女エルフは俺に近寄ってきて、たおやかに微笑んだ。

「親友っ、ボクらの武術講師になってくれる気になったんだね!?　嬉しいよ！」

「はは、俺はただの門番だよ。エルフに教えることなんてないさ」

「またまたー。このこのー」

美女エルフは肘で、このこのーと突いてきた。

距離感の近いこのエルフ。美女化したモルルだ。

エルフ、特にビビット族は体内に魔素を多くとりこんだ一族で、外見は人間でも構造はモンスターに近いらしい。

モンスターは魔素の影響で、その特性が色濃い姿になる。

より生存に特化した姿になりやすいのだとか。

似た原理で、エルフに美男美女が多いのは魔素のおかげで、繁栄しやすい姿になっているらしい。

メメナ曰く、性転換も『稀にある』とのことで、こうも言っていた。

『エルフは見た目以上に歳をとっていたり、なかには成長期に魔素不足で姿が子供のままのエルフもいるんじゃよ。兄様♪』

すごいやエルフ。すごいやビビット族。

「しかし……モルルが女になるなんてなあ。驚いたよ」

「ボクもだよ。きっと母様のような立派な長になるため、魔素がボクを理想の姿に変えたんだね」

モルルにとって立派な長とは、メメナに他ならない。

みんなに慕われる長になるために女になったのだと思うが、モルルの見解だ。

「ふふっ、でも……親友が女になったボクにひかないでくれて嬉しいよ」

「そりゃあ、だって、俺たち友だちだろう？」

防衛戦後、モルルから友人になって欲しいと握手を求められた。

俺も友だちになりたいと思っていたので、熱い友情の握手で応えたのだが。

そのすぐ後に、モルルは美女化した。

「親友……」

モルルは瞳を潤ませていた。

そうさ。種族や性別が違ったところで、俺たちの友情は変わらない。モルルも同じ気持ちなのか、

『君とボクは親友だから』とスキンシップが激しくなったり。

君とボクは親友だからと一緒に森を散歩したり。

君とボクは親友だからと一緒に食事したり。

君とボクは親友だからと一緒にキノコベッドで寝たりしても、すべては変わらぬ友情ゆえ。

お風呂を一緒に入りかけたときは、流石にサクラノに止められたが。

『師匠！　女子とお風呂に入るのは一線を越えているかと！』

だよなー。

ちょっと新しい扉がひらきかけていたので、サクラノが止めてくれて助かった。

『師匠、気をつけてください。彼が女性化したのは、メメナのようになりたいがためではありません。

絶対に。ぜーったいに』

サクラノは絶対を強調して言った。

俺たちの友情を何か邪推しているのだろう。

「ところで親友。今日もうちで食事をするかい？　夜は一緒に星を眺めようよ」

「や、それは……」

このところ毎日のようにモルルの家に誘われていた。

「――こらこら、兄様が困っておるじゃろ」

メメナが苦笑しながらあらわれる。

「ほーれモルル、みんなの面倒をみるのはお前の仕事じゃろうが」

「はーい、母様」

モルルはしぶしぶと訓練に戻った。

相変わらずの母様呼び、性別が変わっても性癖は変わっていないようだ。

「すまんのう兄様、迷惑をかける。ワシの家系は情が深いところがあってな。相手を一度気にいるとこれじゃ」

「迷惑だなんて思ってないよ。毎日楽しい」

「そーか、迷惑ではないか。ならば今宵はワシと同衾《どうきん》しようではないか、なあ兄様♪」

メメナは妖しく微笑んだ。

メメナとモルルはなんでも親族らしく、情が深い血筋なのは確かなようで、メメナからの熱心なお誘いも増えていた。

まあ、子供が大人の真似をしたがっているのもあると思う。

「しません」

「むー、つれないのー」

唇をとがらせたメメナに、俺は苦笑する。

「それでメメナ、準備はもういいのか?」

「うむ。それじゃがな――」


翌日は晴天。旅立つには気持ちの良い早朝となった。

大樹の麓で、俺とサクラノは大勢のエルフに囲まれていた。

彼らは俺たちを送り出しにきてくれたのだ。

精霊王がいなくなったことで、儀式が終わるまで村を出られない掟もなくなった。すぐに旅立っても良かったのだが、これには理由があった。

エルフたちの視線は、俺の隣にいるメメナに注がれている。

メメナは腰に魔導弓と、見た目以上に収納できる魔導ポーチを身に着けていた。

「メメナ様！　どうかご無事で！」

「メメナ様、お体にはお気をつけください！」

「メメナ様の進む道に光があらんことを！」

メメナは旅の無事を祈られていた。

ビビット族だけで故郷を守る必要ができた今、外部との交流は不可欠。だから、外部とビビット族の橋渡し役ができる者を募集したのだ。

そこで手をあげたのがメメナだ。

当初みんなは反対したのだが、モルルが次期族長として十分に育ったこと。

今までみんなを守っていたメメナの好きにさせたいと、誰もが考えたこと。

そして、少女の根は自由奔放であることを知っていたので、望みを叶えることにした。

「母様！　母様！　どうかどうかご自愛くださいませ……！」

「わかったわかった。生涯の別れではないんじゃ、何も泣かんでも。ほーら綺麗な顔が台無しじゃぞ。せっかく綺麗な女の子になったのじゃから」

「かあさまー!!」

モルルは性癖を全開にしながら泣いていた。

メメナはひとまず、ボロロ村の村長と、黄金蜘蛛のスタチューに会いに行く予定だ。そこまで俺とサクラノが護衛することになる。いなくなった精霊王を探す目的もあるらしいが、これは建前だろう。

「――それではな、みなの者。息災じゃ」

メメナはみんなの顔を一人一人確かめるように言った。

ビビット族のエルフたちはまるで子供のように、名残惜しそうな表情でいる。

メメナはまるで母親のように、慈愛の笑みをたたえていた。

誰も引き止めはしなかった。全員、巣立ちのときだった。

「行こうか、兄様。サクラノ」

俺たちにふりかえったメメナの笑みは、未知への好奇心であふれていた。


そして、だ。

俺たちはこの後、またもや失踪するはめになる。

◇◇◇

門番一行がビビットの森を旅立つ、ほんの少し前のことだ。

サクラノとメメナは、二人で女子会をひらいた。

もっともサクラノは女子会なるものをよくわかっていない。

お茶をしながらおしゃべりするものと伺い、これから仲間になるメメナのツリーハウスにお呼ばれになった。

サクラノはメメナとテーブルで対座しながら茶を飲みつつ、話し終える。

「——が、これまでの経緯です。どうでしょうか、メメナ」

ちなみにメメナと呼び捨て（本人の希望どおり）だが、基本敬語だ。

メメナは嫌がったのだが、年配の実力者にはどーにも敬語で接してしまう。倭族の縦社会根性がサクラノには染みついていた。

彼女は師匠と違い、メメナが年上の女性であるとちゃんとわかっていた。

メメナの実年齢は『乙女の秘密じゃよー♪』と言われて、教えてくれなかったが。

「ふむ。サクラノたちが森で出会った青白い男な」

「はい」

「精霊王ブルービット様じゃな」

やっぱりと、流石のサクラノも呼吸が止まりそうになった。

「あの……精霊王は師匠が倒してしまったわけですが……何か罰とか……」

サクラノはおそるおそる聞いた。厳しい処罰があるかもしれないが、彼女はそれが不服だと暴れる気はなかった。一度身内判定すると、まあまあ大人しくなる子だった。

「はっはっは、ええんじゃええんじゃ」

「へ？」

ケタケタと笑うメメナに、サクラノの目が点になる。

「精霊王なー、傲慢じゃし、ひねくれ者じゃし。正直ワシめっちゃ嫌っておった。そのくせ、めちゃくちゃ強いわで……厄介もいいところじゃったしな。倒してくれてせいせいしたわ」

「仲間にもそう伝えるのですか？」

「いや、精霊王はこのままいなくなったことにしよう。面倒じゃし」

メメナはサッパリした表情で、甘い焼き菓子を食べた。

反応からして、精霊王を相当嫌っていたようだ。

それでもみんなのために犠牲になろうとしたメメナは立派な人なのだと、サクラノは彼女への尊敬度がぐーんとあがった。

「ふふっ、精霊王まで倒すとは……あの男、強さの底がみえんのう」

サクラノは笑顔になる。

「そうなのです！　師匠は最強なのです！」

「うむうむ。しかしあやつ、己の強さを自覚しておらんな」

「…………やっぱり、そうですか？」

サクラノもうすうす気づいてはいた。

「最初は謙虚な人と思っていたのですが、どうも話がかみ合わなくて。師匠、天然だし」

「思いこみは強そうじゃな。ワシをまだ幼子だと信じているようじゃし」

メメナは面白そうに微笑んだ。

「でしたら！　今から師匠に『あなたは強い！　最強です！』と教えて、みんなにもっとすごさを知ってもらいましょう！」

「そうじゃなー。あれほどの強さ、さぞ注目を集めるじゃろうな」

「ええっ！　わたしの国に来れば、一国一城の主も夢ではありません！」

そして師匠は殿様になり、そんな最強の男を支えていく懐刀な自分。

素敵だ。最高だ。素晴らしい未来絵図だ。

ニコニコしていたサクラノに、メメナが告げる。

「まあ、そーなるとサクラノだけの師匠とはいかなくなるのー」

「え…………？　師匠は師匠じゃなくなる……？」

「そりゃそうじゃろう。あれほどの強さじゃ、誰もほうってはおかぬ。サクラノただ一人の師匠とはいかなくなろうて」

「…………師匠にはまだ黙っておきます」

独占欲丸出しなサクラノに、メメナはくすくすと笑った。

「そのほうがよかろう」

メメナの瞳は面白そうだしな、とも語っていた。

なかなかに食わせ者だなとサクラノは思う。

「……あのぅ。メメナは、師匠のことをどう思っているのですか？」

「どう？」

「慕っているとか、尊敬しているとか、す、す、好……気に入っているとか」

サクラノは背中を丸めて、もじもじした。

「んー、そうじゃなー」

メメナは猫っぽく笑い、なぜかお腹を優しくさすりはじめる。

まるで、母親がお腹の赤ん坊を慈しむように。

「人外の者は『ヒトの子など孕みたくない』と言うのが、お決まりらしいが」

「はい……？」

「ヒトの子を孕んでみるのも一興よ」

大人な態度を見せつけて、メメナは妖艶に微笑んだ。サクラノの顔が真っ赤になる。武人な彼女にはただでさえ色恋話がきびしいのに、性的な話はあまりに刺激が強すぎた。

「あう～～～～～」

「はっはっは、可愛い子よの。これからよろしくの、サクラノ♪」

そう言ってメメナは、焼き菓子を美味しそうにほおばった。

◇◇◇

門番一行が旅立ってから数日後。

ビビット族の森に向かい、王都グレンディーアの外交団が大森林を進んでいた。

外交団の護衛は、冒険者パーティー『悠久の翼』だ。

メンバーは剣士ケビン。魔法使いグーネル。大盾のザキ。

外交団の護衛を任されたのならば名誉であろうに、ケビンは不機嫌そうにしている。

彼は、屈辱感に苛まれていた。

（くそ！　くそ！　くそっっっ！）

地面の野花にすらイラつき、ケビンはわざと踏みつけた。

（なんでオレが田舎部族の森に行かなきゃならねーんだ！）

黄金蜘蛛スタチューへ、必死の命乞いで見逃してもらったケビンは、仕返しをしたくてもできない現状に苛立っていた。

実力はスタチューのほうが遥か上。

親の権力を使いたくても、勇者の約束を無下にはできない。

何より屈辱的なのは、ケビンの噂が冒険者のあいだで広がっていた。

『ケビンの野郎は、しょんべんを垂らしながらモンスターに命乞いをしたぞ』

どこから漏れたのか、嫌われ者ゆえにケビンの噂は一瞬で広がった。冒険者であれば致命的な噂なのだが、誰もケビンを直接馬鹿にしなかった。彼の過保護な父親を面倒がったのだ。

冒険者たちは代わりに軽蔑の眼差しを送っていたが、目ざといケビンは大暴れした。

『てめぇら！　オレをバカにしただろ⁉　そんな目つきだ！』

『キャハハ！　いっけーケビン！　ボコボコに殴っちゃぇー』

グーネルは苛立つケビンを煽っていた。

そんなふうにケビンが暴れても誰も咎めなかった。彼がいまだ権力者側だとわかっているからだ。

彼の父親は王都の治安組織をまとめる大貴族、シャール公爵。

父親の威を借る息子の横暴を、誰も止められなかった。

(くそが……っ！　こうなったのは全部あのモブ野郎のせいだ……！)

黄金蜘蛛と門番野郎が裏で結託したのはわかっている。

悪事を白日の下に晒して牢獄にぶちこんでやると、ケビンは苛立ちながら唾を吐いた。

「ケビンー」

「んだよ、グーネル」

「笑顔笑顔。今からみんなでビビット族の長に会うんでしょー？」

「……わーってるよ」

ビビット族。

エルフは基本的に外部と交流したがらない。その中でビビット族はとりわけ閉鎖的な部族だったが、諸事情で交流をはじめることになったらしい。エルフは永遠の命、そして美男美女になれる秘術を知っているとの噂がある。

だからエルフと交遊したい貴族はわんさかいた。

それにビビット族はエルフの中で発言力をもった部族だ。他国が接触する前に、王都としてもいち早く外交をはじめたかったのだ。

そんな大事な外交団の護衛を、どうしてケビンたちが任されたのかだが。

シャール公爵、親のコネだ。

妙な噂を不憫に思った父親が、息子のために名誉ある仕事を任せたのだ。

シャール公爵の息のかかった外交団がビビット族と交遊を結べば、その護衛を任されたケビン共々格があがるだろう。

(はっ……結局は生まれで人生が決まるんだよな)

自分を見くびっているバカ共たち。それにモブくせー門番。

やつらは大成しねーだろうなと考えて、ケビンはいささか気持ちが落ち着いた。

ビビット族の会議場に、外交団は到着する。

大きなツリーハウスにとおされたケビンは思わず口笛を吹いた。

(へー？　エルフは美男美女ばかりって聞いたが、マジ綺麗じゃん)

ビビット族の長モルル＝ビビットが、会議テーブルに座っている。

年老いた外交官が対面しながら、モルルの話を熱心に聞いていた。

グーネルやザキが壁に立って歓談を見守る中、ケビンは邪《よこしま》なことを考えた。

（へへっ……田舎育ちの女なんて世間知らずもいーところだろう。いっちょ貴族様が遊んでやるとするか）

ケビンは下卑た視線をモルルに送る。

モルルはわずかに眉をひそめた。ケビンの邪《よこしま》な視線を感じとったのだ。

だが今は歓談中だとモルルは話をつづける。

「――そういったわけで、ボクたちは脅威を退けることができたのです」

「それはご苦労なさりましたな。して、その勇猛な戦士殿は？」

「……残念ながら先代と共に旅立ちました」

「ふうむ。ビビット族と人間のかけ橋となった方、ぜひお目にかかりたいものですね」

「彼はまだ無名ですが、いずれお耳に挟むかと」

「ご期待されているのですな。いったいどのような方なのでしょう？」

年老いた外交官の問いに、モルルが少し言いづらそうにする。

「？　ビビット殿、どうされました？」

「いえ、特徴なのですが……」

「目立つお方なのでしょうか」

「むしろ逆で……あまりにモブっぽいといいますか、印象が薄いといいますか……。そこも含めて魅力的だと思っているのですが」

あの門番が関わっていると知り、ケビンは叫ばずにはいられなかった。

「門番野郎か!?　あのクソがここに来たんだな!?」

一瞬で場の空気が凍りついた。年老いた外交官は唖然とし、モルルの瞳は険しいものになっている。

ザキが小声で告げた。

「ぼっちゃん、おやめください」

「うるせえええっ！　親父の腰巾着は黙っていやがれっ！　おい！　あの門番野郎がここに来たんだろ!?　お前ら騙されているぜ！　あいつはなっ、ろくでもないクソなんだ！」

ケビンは興奮気味にまくし立てた。モルルは冷たい表情になる。

「それで、君はどこの誰なんだ？」

「シャール公爵の息子だ！　しらねーのか田舎娘！」

どれだけ自分の立場が偉くて優れているか、ケビンは言ってやったつもりだった。

モルルは嘲笑した。

「……ははは。まさか、親の名前を持ちだすとはね」

「んだてめぇ!?　お前もオレをバカにしやがるのか!?」

「シャール公爵の子弟か。知っているよ。子弟の立ち居振る舞いを注意したせいで、親友は王都を追いだされるはめになったとも聞いている」

モルルは笑顔でそう言ったが、目が笑っていない。

このあたりの圧は母親のメメナ譲りである。

「だ、だったら、なんだってんだ……！」

「ボクと彼は、将来を誓い合った仲だ」

もちろん、モルルは婚姻の約束などしていない。だが親友とは一生付き合うものであり、それはもはや婚姻したに等しいと考えていた。

そうとは知らないケビンのプライドは傷つけられた。

なんであんなモブ野郎が絶世の美女と。一生下働きな野郎が栄光をつかむな、と。

ふーふーっと鼻息荒いケビンに謝る意思はないなと、モルルは悟る。

「……話は、もう終わりにしましょう」

年老いた外交官が真っ青になった。

「そ、それは、わたしどもと外交はできないと……!?」

「いいえ、きちんと対話をつづけていきたいと思っております。公私の問題は別でしょう。ですが、その、偉大であろうシャール公爵に関わる者とは同席したくありません。また、シャール公爵の息のかかった者とはこれ以上お話をつづける気はございませんので、あしからず」

モルルの作り笑みに、年老いた外交官はうなだれた。

これからビビット族との外交は非常に難しくなる。しかも王都側が一方的に喧嘩を売った状態だ。

他国と大きく離されることだろう。

外交をめちゃくちゃにされて、年老いた外交官がケビンを睨む。

「ケビン殿！　このことは上にご報告させていただきますぞ……！」

「はっ、好きにしろよ！　っつーか、こんな田舎部族と付き合う必要ねぇっての！」

上にはオレのオヤジがいる。

何を報告したって無駄だがな、とケビンは半笑いでいた。


ケビンがことの重大さを知ったのは、他の貴族から父親共々糾弾されたときだ。

シャール公爵も発言力を大きく削がれ、さらには子弟の素行も晒されてしまう。

親の威光を失ったケビンを、誰も見逃すはずがなかった。

「よう！　しょんべん垂れのケビン！」

「パパにちゃーんとオムツを履かせてもらったか？」

「ケビンじゃねーか！　今日もモンスターに元気よく命乞いしてるかー？」

と冒険者たちに煽られても、ケビンはやりかえすことができず。

「くそ！　くそ！　くそ！　くそ！　オレは！　お前らとは違うんだ……！　お前らバカ共とは違って……！　オレは……！」

誰もいない路地裏で、壁に向かって吠えるしかなかった。

三章　ただの門番、超古代兵器を破壊したことに気づかない

俺とサクラノとメメナの三人は、ダンジョンを攻略していた。

なぜか？

ほんの数時間前のことだ。

俺たちは王都方面に向かうため、メメナから教わった道でパルパリー神聖国を北上していた。

ダビン共和国との国境沿いならば人間でも歩きやすいらしい。ビビットの森に来る前、数日間も大森林を彷徨っていた俺としては、メメナの気遣いがありがたかった。

そして、ダンジョンから出られなくなる。

よくわからないと思う。俺たちも状況がよくわかっていない。山脈沿いに洞窟があったので中で休憩していたら、バクンッと入り口が突然閉じたのだ。

ズゴゴーッといった振動音に、土や石がゴリゴリと削れる音がした。

どうも洞窟が地中にもぐったようで、さらには移動しているようだった。

『ダンジョンのようじゃが、地中を移動するダンジョンなんて聞いたことないのう』

とはメメナ談。

どこにたどり着くのかもわからないので、俺たちはダンジョンコアを破壊するために、ダンジョン最奥を目指すことになった。ちなみにダンジョンコアとは、そのままダンジョンの核だ。

魔素溜まりは一定の条件を満たすと、ダンジョンに変わる。

条件を満たした魔素溜まりは周辺の地形と混ざり合いながら、より高度なダンジョンに進化しようとする性質がある。なので冒険者が野良ダンジョンを見つけたら、すぐにダンジョンコア（核となった魔素の塊）を破壊することが推奨されていた。

「しっかし、妙なダンジョンだな。壁も床も見たことがない材質だし」

通路は馬車が一台通れるぐらいの幅で、俺は壁を触る。

壁は温かくもなく冷たくもなく、ツルンとした人工的な材質だ。

「ふむ、古代遺跡のダンジョンやもしれぬな」

メメナが言った。

「古代遺跡？」

「灯りがないのに明るいじゃろ？」

「昼みたいだな」

「古代技術じゃよ。何が仕掛けてあるかわからぬ、不測の事態に備えるがよいぞ」

と言われても。

「なあメメナ」

「なんじゃ兄様《にいさま》♪」

「こうも密着していたら、不測の事態に備えづらいんだが」

メメナは俺と腕組みしながらべったりと引っついていた。ほんのりヌクヌクとした体温と、柔らかくてぷにぷにした肌の感触が伝わってくるので、変に意識する。メメナ、子供なのに妙な色気があるんだよなあ。

「ふっふー、何がでるかわからぬダンジョンなんて怖いしのー」

「闇夜で骸骨軍団と勇敢に戦っていなかったか……？」

「ワシ、見慣れぬ場所ではか弱い乙女になるのじゃよー」

まあ子供だしな。仕方がないか。

それはそれとしてだ。

「サクラノはどうしたんだ……？」

俺の側を歩いているサクラノは赤面している。

顔真っ赤のまま、ずっと俺をガン見していた。

「はい！　それは師匠！　師匠！　師匠！　師匠ぅー！」

「落ち着け落ち着け。や、ほんとどーしたんだ？」

問いつめても、サクラノは顔をぶんぶんと横にふるだけだ。

困っていた俺に、メメナが背伸びしながら耳打ちしてくる。

「兄様、おそらくサクラノも兄様と体で触れ合いたい――」

「あぁっとぅ!!!!!!　師匠！　あそこに宝箱がありますよっ!!!!!!」

サクラノは誤魔化すように、脇道の奥を勢いよく指さした。

そこには金の宝箱がべかーんと置いてあった。

……あからさますぎる。罠くさい。

だがサクラノが駆けて行こうとしたので、俺は慌てて羽交い締めした。

「待て待て待て待て!!」

「っ!? え、えへへ」

サクラノは宝箱を見つけて嬉しいのか、頬をゆるませた。

仲間が増えて、気も抜けているのかな。

「サクラノ、通路に罠が仕掛けてあるから気をつけろ」

「罠、ですか……?」

サクラノはすぐに表情を引きしめた。

俺はサクラノを羽交い締めから離して、宝箱までスタスタと歩いて行く。

「し、師匠? 通路に罠があるんですよね?」

「ちょうどいいし、罠の対処法を実践するよ。袋小路に宝箱がある場合、だいたい罠が仕掛けられているから警戒したほうがいいぞ」

ダンジョンは『生きている・考えている』と学説がある。ダンジョン内の宝箱は、ダンジョンそのものが侵入者対策に仕掛けるのだとか。

あと、罠を仕掛けるモンスターもいる。その手のタイプは知恵がよーく回り、俺も王都の下水道で何度も罠に引っかかったんだよな。

どちらの場合も、たまに当たりの宝箱があるから性質《たち》が悪い。

だからこそ開けたくなるのだろうし。俺もほぼハズレだとわかっていても豪華な晩ご飯のために手を出して、トラップ毒を食らって丸一日食事ができなくなることがあったぐらいだ。

まあ俺の失敗談はいいか。罠の対処方法を教えよう。

「罠を意識しすぎて動きが鈍くなり、そこをモンスターに襲われることもある。だから」

俺は、少し盛りあがっていた床を踏んだ。

「さっさと罠を発動させる」

両壁面から鉄の矢がいっせいに放たれる。

ざっと50本ほどか。

「師匠!?」「兄様!?」

下水道に比べたらかなり楽だなあ。

あっちの罠はいきなり数百本の矢が放たれたりするし。

「せいっ」

俺はロングソードを素早く抜いて、風圧を発生させる。

俺に襲いかかった矢は、すべて弾き飛ばされた。

「こうやって罠をさっさと潰したほうが、結果的には楽になるよ」

「師匠〜〜〜!　流石師匠です!」

サクラノの尊敬の眼差しに、ちょっと申し訳なくなる。

やっていることは単純なんだよな……。もっと師匠らしい技術はないものか。

「兄様、落とし穴の罠もあると思うんじゃが」

流石メメナ。鋭い指摘だ。

少しはためになりそうだし、サクラノにその技術を教えよう。

「それはな、踏んばるんだ」

「踏んば……？　え？　師匠？」「踏んばる？　どうするんじゃ？」

サクラノもメメナも目をぱちくりさせている。

っと、要点をかいつまみすぎたか。

俺も紛いなりにも師匠なら、気合や精神論で技術を教えたくない。わかりやすい筋道で説明できてこその技術だ。ちょうど、うっすらと変色した床がある。落とし穴の罠みたいだ。

「そこに落とし穴の罠があるから実践してみよう。見ていて」

俺はカチリと罠を踏む。

瞬間、床がかき消えた。幻影の類《たぐ》いだったようだ。

そして、俺は奈落に落ちようとするところを踏んばってみせる。

踏んばって、空中で停止した。

「と、このように『あ！　落ちる！』と思った瞬間に、空中で『ぐっ！』と踏んばるんだ。そうすれば落ちずにすむよ」

どうだわかりやすいだろうと、俺は空中に停止しながら説明する。

二人は、理解に苦しむ顔をしていた。

気合や精神論を押しつけたような空気に、俺は慌ててもう一度説明する。

「つ、つまずいたときと同じ感覚だって！　地面で『ぐっ』と踏んばるだろう!?　それを空中でやるだけだって！」

「師匠……わたしには難しすぎます……」

「人それぞれの感覚があるかもだけれど……！　案外簡単なんだって！」

「兄様は本当に人間なのか……？」

メメナは俺に人としての教養がないと言いたいのだろうか。

ド田舎出身で学びの機会は少なかったから、教えることが下手かもしれないけども。

どう説明すればよいのか四苦八苦していると、妙な声が聞こえてきた。

【――高濃度のエネルギー体発見。ただちに確保します】

突然、床が急こう配になった。

俺は空中で踏んばっていたが、サクラノとメメナが尻を滑らせながら下っていったので、俺も慌てて追いかける。

ツルツルと滑る坂道で、俺たちは加速しながら奥に奥に向かっていた。

「師匠～！　これはいったい～!?」

「わからんっ！　誰かが俺たちを招いているみたいだ！」

長い坂を滑っていき、そして、ポイーンと穴から放りだされる。

そこは、大広間だった。

大教会の礼拝堂ぐらいの広さがある。壁面は病的なほど真っ白で、巨大な円柱がいくつも並んでいた。柱には、青白い幾何学模様の線が光っている。

俺はメメナをお姫さま抱っこしながら着地した。

「ありがとうじゃ、兄様♪」

「お、おう。無事で良かったよ」

メメナがさりげなーく甘い息を首に吹きかけてきたので、俺の頬が熱くなった。

俺にその趣味はない。その趣味はないのだが……。と、メメナは急に凛々しい表情になって、胸から飛び降りる。

大広間の中央に、ドデカイ物体が鎮座していたからだ。

巨大モンスターだ。

でかい。とにかくでかい。5階建て民家ぐらいはある。全身はやけに角ばっていて、手足がずんぐりむっくりとしている。頭は四角で、青い一つ目が妖しく光っていた。

俺はロングソードに手をかける。

【高濃度エネルギー体の戦闘意思確認。適度に痛めつけてやります】

ドデカイ物体は俺たちを標的に定めたようだ。

無機質な声からするに、ゴーレム亜種のようだ。

王都の下水道でも石造りのゴーレムが湧くが、たまーにツルツルした材質のやけに角ばったゴーレムが湧く。それの巨大版。同じ種類かもしれない。

えっと、確か、あの種類は……。

俺が思い出す前に、サクラノがカタナを抜いた。

「貴様が大将かっ！　デカイ胴体ごと輪切りにしてくれるわっ！」

サクラノがたったかたーと一直線に駆けていく。

「待て！　サクラノ！　こいつは！」

【小型魔術兵器《ビット》、射出】

巨大ゴーレムの腕や足から、花のツボミのような物体が10数個ほど射出される。

ツボミは空中に広がって、先端から光線《レーザー》を放った。

「ちっ！」

サクラノは飛び退いて、レーザーを回避する。

メメナが魔導弓でツボミを数個射抜いたので、不意の攻撃でも避けられたようだ。

【高濃度エネルギー体……稀血戦闘体……魔素生命体を確認。当機の数十年分の動力源と試算。確保した後は培養液にいれて、じっくりと吸収してやりましょう】

巨大ゴーレムはまたもツボミを射出した。

今度は100個ほど。

展開されたツボミは、俺たちを射抜こうと機敏に蠢《うごめ》いていた。

「兄様、どうやらあれは古代遺産のようじゃな」

「……古代の？」

「何かしらの古代施設に魔素溜まりが発生して、ダンジョン化したようじゃ。あれも最奥を守る者にしてはでかすぎる。おそらく、あのゴーレムにダンジョンコアがついておるぞ」

ならば、巨大ゴーレムを倒さなければダンジョンからは出られない。

いったいどれほどの強さを秘めているのかと、俺は冷たい汗をかいた。

【さあ遊んであげましょう。哀れな餌たちよ】

ツボミの先端からレーザーがいっせいに放たれた。

サクラノやメメナは大広間を駆けながら避ける。

俺もひょいひょいと体をズラしながら避けていた。

【怖いですか？　泣きたいですか？　あなたの力のなさを呪いなさい】

巨大ゴーレムは俺たちを煽ってきた。

メメナは魔導弓でツボミを射抜き、サクラノは疾走しながらツボミを斬り伏せている。

しかし、次々に新しいツボミが射出された。

【わたしはあなたの支配者です。わたしはあなたの管理者です。哀れな餌たちよ、怯える姿をわたしにみせてください。そうして、わたしに感情を教えてください】

おかしい。なんだ、この違和感。

あの巨体に内蔵された武器で、次々に攻撃をしかけてくるが……うーん。あまりにも、攻撃が、ぬるすぎる。

下水道のゴーレムより手ごわくはあるが、やはりぬるい。機能は壊れてないよな？

外見はご立派で言葉だけは強い。なんだこいつは。……待てよ。

俺はピーンときた。いつもの直感だ。

「そうか、わかったぞ！　こいつの正体が！」

とりあえず、ロングソードを強めにぶうんとふっておく。

衝撃波が発生した。

空中に展開していた数百ものツボミは、ドカーンッと花火のように爆ぜる。

「し、師匠？」「に、兄様？」

サクラノとメメナは立ち止まり、困惑した表情で俺を見つめてくる。

「兄様、正体とはなんぞや？」

「メメナは言ったよな？　ここは『何かしらの古代施設に魔素溜まりが発生して、ダンジョン化したようじゃ』って」

「うむ、言ったのう」

俺は巨大ゴーレムを見据える。

このゴーレムのことを想うと、俺は胸が苦しくなった。

「ここはきっとさ、大昔の訓練施設なんだ。冒険者用か兵士用かはわからないけれど……だからダンジョンの罠はゆるいし、ゴーレムの攻撃もぬるぬるもいいところなんだ」

俺の言葉に、なんだか場の空気が固まった気がした。

サクラノたちどころか巨大ゴーレムも、俺の話を待っているみたいだ。

「巨大ゴーレムも言葉だけは強くていかにもボスっぽいけれど、それはきっと場の雰囲気を盛りあげるための機能なんだよ」

「師匠……。つまり、この巨大ゴーレムの図体は見せかけだと？」

サクラノは何か言いたげにしていた。

「ああ、こいつは外見だけご立派の……大昔の訓練用ゴーレムなんだろう……。利用する者がいなくなった訓練施設がダンジョン化して……。こうして、迷いこんだ冒険者相手にいまだ訓練をしているんだな……」

俺は目頭が熱くなった。主人が亡くなった後も、命令を健気に守るゴーレムの物語を読んだことがある。そーゆー話に弱いんだよなあ。

と、大広間がズゴゴゴッとふるえた。いや、ダンジョンがふるえている。

俺はハッとなって、ゴーレムを見あげた。

「お前、まさか……泣いているのか……？」

「師匠、わたしには怒っているように思えるのですが」

ゴーレムの青い瞳がビカーッビカーッと光る。

【お前。お前。お前。わたしが、ただの訓練用ゴーレムだと……？】

ツボミが大量に射出された。

認めたくないのか、あるいは自分が何者なのか忘れてしまったのか……。

もう……止まらないんだな。

訓練したがるあまり、ゴーレムは俺たちをダンジョンに閉じこめた。ゆるゆるの攻撃でも当たれば怪我をするだろう。もし放っておけば、知らない誰かが傷ついてしまうかもしれない。

そんなのゴーレムの創造主もゴーレム自身も、望んでいないはずだ。

「わかったよ……」

ロングソードをぎりりっと握りしめる。

「俺が……俺が、止めてやる……！」

駆けだした俺に連続ビームが放たれるが、ゆるいゆるい。

俺は覚悟を決めて、跳躍する。

「せやあああああああっ！」

己の存在を忘れても、役目をまっとうしようとした訓練用ゴーレム。

過去からつづく想いと共に、俺は……一刀両断した。

【わ、わ、わたしは……わたしは古代……ピピッ……超破壊兵器……ピーガガガ。ありえないありえないありえない……】

訓練ゴーレムが何か言っているが、過去でも思い出したのかな？

すると、操る力を失ったのか、空に浮かんでいたツボミがいっせいに落ちた。

ダンジョンコアごと破壊したようだ。

「おやすみゴーレム……。君はもう休んでいいんだ……」

【ピーガガガ……　これは、この感情は…………無念……？】

見渡すかぎりの大荒野に、俺たちはいた。

かなりの距離を地下移動していたようで、ダンジョンを脱出したときに鬱蒼とした木々はなく、まばゆい太陽と青空が出迎えたのでびっくりしたものだ。

大荒野にダンジョンの入り口跡がある。

入り口はメメナの魔導弓で破壊してもらった。

ダンジョンコアが破壊されたのなら、後は自然に還っていくだろう。

ダンジョンコアを壊した後、ダンジョン内部をゆっくりと攻略する者もいるのだが、俺はもう訓練用ゴーレムを休ませたかった。

「行こうか、二人共」

「もういいのですか、師匠?」

「ああ……このことは秘密だよ? このダンジョンも、あの訓練用ゴーレムも……静かに休ませてあげたいしさ」

ゴーレムに魂があるかわからないが、せめてもの慰めになればいいと思う。

俺の言葉に、サクラノとメメナは頷いた。

「師匠がそう言うのならば!」

サクラノは、まあいっかみたいな顔で。

「兄様がそう言うのならー」

メメナは、どこか楽しそうな顔でいた。

◆

俺たちは、大荒野を歩いていた。

真上にのぼった太陽が地面をぬくぬくと温めすぎていて、春なのに蒸し暑い。

ここはダビン共和国。獣人が住まう大地だ。

地中を移動していたダンジョンは、どうやら国境を越えたようで、俺たちはダビン共和国の大荒野を彷徨っていた。

グレンディーア王国領に向かうためにも、町や村で移動手段を得たいところだが。

……難しいかな、と俺は考えていた。

「師匠ー。ダビン共和国は町や村がないって本当ですか？」

俺の後ろを歩いていたサクラノがたずねてきた。

「いや、町や村はあるよ。ただ、獣人たちが永住しないってだけ。彼らのほとんどがキャラバン生活なんだよ」

「何ゆえです？」

「ダビン共和国はダンジョンがよく発生する土地でさ。珍しい素材やお宝目当てに、ダンジョンが発生しやすい場所で集落をつくるんだって。獣人は探窟者が多いんだよ」

「それじゃあ、ダンジョンが湧かなくなったら他に移り住むわけですよね？　移住ばかりしていて、土地を治めることができるのですか？」

えーっと、兵士長はなんて言っていたかな。

俺の隣にいたメメナが代わりに答えた。

「国でおおまかな決まりごとをつくっているようでな。その決まりごとにそって、ならず者などを取り締まる『保安官』なる者が集落ごとにいるようじゃ」

「わたしの国と似ているようで微妙に違いますねー」

「サクラノの国は領地ごとでトノサマが決めるんじゃったか」

「はいっ！　常、群雄割拠です！」

サクラノは元気いっぱいに言った。元気いっぱいに言うことなのかは置いといて、流石エルフの元族長、国のルールに詳しいな。サクラノも結構いろんな国を旅してきたみたいだし。もしや俺が一番物知らずなことは……ないよな？

まあ、とにもかくにも獣人の集落を探さなければいけないのだが。

「あるかなあ……」

「ありますかねえ」

「見当たらんのう」

俺たちはため息を吐いた。

地図はあまり役に立たない国だ。大荒野では目印もないし、遭難がわりとあるらしい。

どーにか村を見つけたいところだが……おや？

「あっ！　あった！」

地平線の先に、うっすらと町が見えた。

サクラノはわからないのかキョロキョロしていて、メメナは目を細めて頷いた。

「おー、大きめの町が見えるのう」

「えー？　わたし、見えませんー。目にはちょっと自信があったのですが……」

「エルフの目は特殊じゃからなー、落ちこまんでいいぞ」

俺は日ごろから目をゴシゴシとこすらないように気をつけているからなー。

目は大事にしているから視力は良いほうなのだ。

「そんじゃまあ、二人共行こうか」

「はーい」「うむー」


二時間ほど早足で歩き、町に到着する。

町といっても道は舗装されておらず、だだっぴろい荒野に民家やテントを乱雑に立てまくった集落だ。王都のような機能美は考えられていなくて、しっちゃかめっちゃかに建築物が並んでいる。

大通りには、獣人がひっきりなしに歩いていた。

大きい町のようだ。近くにダンジョン発生地でもあるのかな。

あとやっぱりというか、俺たちはジロジロと見られた。

「んだあ人間か？　しかもエルフもいねーか？」

「変な服の女の子もいるな」

「ありゃあ確か……倭族の子だよ」

角や獣耳が生えていない俺たちはかなり目立っていた。

しかし獣人は基本デカいな。いろいろと。男は筋肉質だし、女はボン・ギュッ・バババーンと効果音だけで体型が伝わりそうだ。

獣人はダンジョンの探窟家が多いみたいで、兵士長は『荒っぽいから気をつけろよ』と言っていたな。彼らからしたら、俺はヒョロガリなのかもしれない。

ま、さっさと移動手段を探しに行こう。俺たちは情報が集まる酒場に向かった。

しかしだ。

「――移動手段だあ？　得体のしれねーお前たちに誰も貸すわけねーだろ。バカか」

酒場のカウンター席。

猫耳の生えた男に、つっけんどんにそう言われた。

サクラノがカタナにゆらりと手を伸ばす。

「貴様ァッ！　師匠やメメナになんたる態度！　処されたいか！　いや処す！」

「待て待て待て!?」「ほーらほら、落ちつくんじゃサクラノー」

俺はサクラノを羽交い締めして、メメナは苦笑しながらサクラノを優しく撫でていた。

サクラノの殺気を前にしても、流石荒くれ者ばかりの獣人か。

猫耳の男は俺たちを一瞥して、またグラスの酒を呑みはじめた。

「うるせーなー……水ならタダでやるぜ？　馬用の水桶だがな」

サクラノは低く唸りはじめる。

俺も男の態度に腹は立つが、マジで殺しそうなサクラノのおかげで冷静でいられた。

「なあ、これだけの町なら馬を貸し出してもいるだろう？」

「……おいモブ野郎。オレも含めてここにいる連中は、お前たちに貸すもんはなーんもないって言っているんだ。今すぐ酒場から出ていかねーとぶん殴るぞ」

「ガルルルルルッ！」

羽交い締め中のサクラノが床を踏みつける。

跳ねあげられた小石をつま先で蹴り飛ばし、男が持っていたグラスをぱりーんと割った。

うちの弟子ってば、手は出せずとも足は器用に動かせますってか!?

「な、何しやがる!!」

猫耳の男が立ちあがると、他のテーブル席にいた獣人たちが立ちあがった。

まずいっ、お仲間か!?

十人ほどいるが、全員屈強な獣人だ。

獣人は魔術が得意じゃない代わりに、身体能力が優れているとは聞いているが……。

「ガルルルッ！」

サクラノは狂犬のように低く唸っている。

もはやどっちが獣人だがわからない。

メメナも微笑みながらもさりげなーく魔導弓に手をかけているしで、一触即発の空気になる。俺がどうすれば場が収まるか考えていると、ふるえ声が酒場にひびいた。

「そ、そこまでよ。争うなら……み、みんな町から出て行って……」

マントを羽織った女獣人がいた。

頭には牛の角。そして牛の耳。

半分目が前髪で隠れていて、低身長グラマラスな体系だ。

ってーかデカい。獣人は基本デカイが、胸がボボボボーンといった感じだ。

そして彼女はなぜか牛柄ビキニを着ている。

不安そうな表情で酒場の入り口に立ちながら、俺たちを見据えていた。

「兄様《にいさま》、彼女……」

メメナも驚いている。そりゃあ驚くだろう。

何せ牛柄ビキニだ。

街中で牛柄ビキニ。いやホントなんで牛柄ビキニ？

布面積がほとんどないから、ちょっと胸がはみだしているし。マントを羽織っているせいで爆乳がことさら強調されていた。

メカクレ。低身長。爆乳。牛柄ビキニの牛獣人、か。

……武装しすぎじゃないか？　しかし兵士長は『兵士は装備が増えれば鈍重になって逆に弱くなる。

だが、こと性癖に関してはちがう。増えれば増えた分だけ、強くなる』と言っていた。

兵士長。あなたの言葉が今、心で理解できました……。

「兄様。彼女は保安官のようじゃの」

「えっ？　あっ、そうなの？」

「マントにバッチがついておるが？　間違いなければ、あれは保安官を示すものじゃ」

メメナに疑わしそうに見つめられて、俺はコホンと咳払いした。

サクラノも状況を見守ることにしたようで、羽交い締めから離しておく。

俺たちにそっけなかった猫耳の男が、頭をガシガシと掻く。

「ハ、ハミィ。オレたちは暴れる気はねーって」

「ほ、ほんとに……？」

「ああ、仲間に聞いてみろ」

ハミィと呼ばれた子は酒場をぐるりと見渡す。

他の獣人たちは、うんうんと誤魔化すように頷いた。

「ほ、ほんとうに暴れる気はないのよね……？」

「ほんとーだ」

「ホントのホント……？　ハ、ハミィがいなくなった後で暴れだしたり、『ったく、ザコ保安官め。胸だけはご立派で、頭はカスカスのくせによ』とか……お、思わないよね？」

「お、おう。……ここには、ハミィを悪く思うやつなんていねーから安心しろって」

ハミィは、それでも自信なさそうにしていた。ネガティブ方向に思いこみが強そうな子だな。

……妙に親近感を覚える。なぜ。

「それで……あ、あなたたちは誰なの…………？」

ハミィは俺たちをおっかなびっくり見つめてきた。

なんだか頼りない。本当に保安官なのかな。

「俺たちは旅人だ。…………大荒野で迷って、この町にやってきたんだ。移動手段を貸してくれると助かるんだが」

地中を潜るダンジョンについて話そうとしたが、あのゴーレムは静かに眠らせてあげたい。サクラノもメメナも俺の心情を汲んだのか、黙ってくれるようだ。

ハミィがじろりと俺を見つめる。

「た、旅人……？　兵士みたいな恰好をしているけど……？」

「王都の元兵士なんだ」

「…………ホントにホント？」

「ホントにホント」

「あ、怪しい……モブっぽい雰囲気とかも怪しいわ……。ま、まさか……スパイ？　頭の足りないへっぽこ保安官がいる町を調査しにきたとか!?　あ、あるいは人さらいじゃ……!?」

職務上疑い深いのか、思いこみが強いのかわからないな……。

と、ハミィが俺のもとまで歩んでくる。

俺の正面で立ち止まると、その爆乳がバルンッと上下に揺れた。

「あなた。ハ、ハミィの目を見て、同じことを言える……？」

「あ、ああ……い、言えるさ」

無理だ。俺はもっと年上、具体的には熟女が好きなのだが。やはり爆乳には抗えないようで、どうしても視線が下に釣られてしまう。

不審に思ったハミィが腕組みするから、余計に爆乳が強調された。

「目を逸らした……。あ、怪しい……怪しいわ……」

「こ、これにはちょっと理由があって……」

「やましいことがないなら、ハ、ハミィの目を見てしゃべれるはずよ……？」

やましいことがあるので目を見て、しゃべれません！

そう言いたいが言えるわけがない。

俺が爆乳に釘付けになっていると、サクラノが叫んだ。

「師匠！　流石に胸を見すぎです！」

サクラノがぷんぷんと怒り、ハミィが顔を真っ赤にしながら胸を隠した。

「ひゃっわあ!?!?!?」

いかん気づかれた！　まったく言い訳できんぞ!?

俺があわあわしていると、メメナが妖しく微笑む。

「兄様にはー、小さな女の子の良さも知って欲しいのじゃがなー♪」

ハミィの目つきが不審者を見るものになる。

「ち、ち、小さな女の子と！　ナニをしているの……!?」

「ち、ちが……！」

「そ、それに初対面のハミィの胸をガン見って……！　あ、あなた変質者ね！　絶対そう！　胸だけのハミィを誘拐しにきたんでしょ……！　ハ、ハミィの角を掴みながら、後ろからあんなことやこんなことをするつもりね……！」

妄想たくましすぎないか!?

迫り寄る爆乳に、俺は観念する。

「だ、だって……！　そんな限界ビキニ姿、誰だって見るって……！」

ハミィはさらに顔を真っ赤にした。

「こ、これは保安官の制服なの……！」

「えっ……牛柄ビキニが制服って、真面目に言ってる？」

俺がそうたずねると、ハミィは恥ずかしそうに唇をふるわせた。

本人の意思で着ているわけじゃないのか？

「お、お、表に出て……！　け、決闘よ……！」

町の大通り。

両端は獣人たちが固め、サクラノやメメナもそこで見守っている。そして通りのど真ん中では、俺とハミィが十メートル離れながら対面していた。

決闘である。

どうして決闘なのか抗議をしたのだが、ハミィに周りの反応を見ろと言われる。

獣人たちがやいのやいの盛りあがっていた。

「人間ー！　すぐに負けんなよーー！」

「甲羅ガニバーガー！　甲羅ガニバーガーはいりませんかー！」

「ハミィばかりに賭けるんじゃねーよ！　賭けが成立しねーじゃねーか！」

野次やら、売り子やら、賭けやら。

完全に見世物じゃねーか。つっけんどんだった猫耳の男も、酒瓶片手に「がんばれー人間ー」と俺を応援していた。俺に賭けたらしい。切り替えが早すぎる……。

どーも獣人はこーいった荒々しい催しが好きなようだ。気風が荒いと聞いていたから仕事探しにダビン共和国を避けていたのになあ。サクラノの故郷も似たような気風なのだろう、『この空気、懐かしいー』みたいな顔でいるし。

「……決闘はガス抜きってわけか」

一触即発な空気ではなくなったけどさと、俺はうなだれた。

「そ、それだけじゃないわ……」

「他にもあるのか？」

「お、王都の兵士は手練れと聞いているわ……。本当に元兵士か、すぐわかるわよ？」

俺の実力を見たいようだ。

ゆーても俺、雑魚狩り専門なんだがなあ……。

ハミィも態度はおどおどしているが、周りの反応からして相当強そうだ。

「あ、あと……。わ、わたしのビキニは保安官の正装だから……！　は、は、破廉恥な格好が趣味ってわけじゃないんだからね……！」

どうやら彼女にとってのガス抜きでもあるようだ。

仕方ない。腹をくくろう。医者と治療術師は待機しているし、大ごとにはならないだろう。

俺がまっすぐに見つめると、ハミィはゆらりと自然体で構える。

獣人らしく、優れた身体能力を活かした格闘家か？

俺が接近を警戒すると、野次が飛んできた。

「人間ー！　お前のひょろい体でどこまで逃げまわれるかなー？」

「どーせすぐ捕まっちまうよ。なんせハミィは魔術師だからな」

魔術師だって？

獣人は魔術を使うのが苦手で、魔術師なんていないと聞いているが。

するとハミィは、ちょっぴりだけ自信ありげに笑う。

「そう。ハ、ハミィはこの町……ううん、獣人でも珍しい魔術師なの」

ハミィのとりまく雰囲気が変わる。

くる……っ！

「稀代の魔術師ハミィ＝ガイロード……！　い、いくわよ……！」

ハミィはババッと両手を構えた。

詠唱する気か!?

「土塊礫《ロックシュート》！」

ハミィはそう叫んでから、地面を強く蹴飛ばした。

地面がえぐれ、土の塊がふっ飛んでくる。

俺はひょいっと避けると、土の塊がバカーンッと破裂して、地面に大きな亀裂をつくった。

確かに、威力はあった。

威力はあるが……うん？

「う、うまく避けたわね……!?　もう一発いくわ……土塊礫《ロックシュート》!!」

ハミィはまたも地面を蹴飛ばして、土の塊を飛ばしてくる。

俺はひょいと避ける。

…………魔術？

「なあ。これさ。魔術なのか？」

「ま、魔術よ……見てわからない……っ？」

ハミィは至極真面目な表情だ。

どー見ても土を蹴飛ばしているだけなのだが、いや威力はあるけども。

「次いくわよ……！　石刃《ロックカッター》！」

ハミィはしゃがんで平らな石を拾い、俺に投げつけてきた。

高速回転した石は弧を描くように飛来する。

俺が避けると、石は地面に突き刺さり、ギュルルッと摩擦熱で煙が発生していた。

めっちゃ回転している……。

「な、なかなかの動きね！」

「待て待て待て!?　これは魔術なのか!?」

「ま、魔術よ……。見てわからないの……？」

見てわからないいっ、力技に見える！　と言いたいが、ハミィがふざけているようには思えない。

混乱している俺に、ハミィがふうと嘆息吐く。

「……そ、そうね。ハミィの魔術は風変わりかも」

「風変わりどころじゃないんだが!?」

「……だ、だってハミィのオリジナル魔術だもの。引っこみ思案でいつもダメダメで……。体が強い獣人のはずなのに、ひ弱なハミィ……。そんなハミィに残された唯一のもの……」

ハミィは辛そうに語ってきた。

その切実な瞳には、嘘なんて微塵《みじん》も感じられなかった。

「ハ、ハミィはこれしかないの……。よ、よわよわのハミィが立派な保安官になるためには、オリジナルの魔術を編みだすしかなかったの……」

「……」

確かに、ちょっーと力技に見えなくもないが、本人が魔術と言っている。

もしや、強化系の魔術を付与するものか？

あるいは触れた対象を軽くする魔術とか？

たとえば物体を操る魔術とか。俺も魔術に詳しいわけじゃないしな……。

と周りの獣人たちが、彼女を応援してくる。

「そうだそうだっ！　ハミィの魔術は本物だ！」

「人間！　ハミィを疑っているんじゃねーぞ！」

「有名な魔術師も『……ちょっと風変わりですが、あるいはもしかして、魔術といえなくもないですね』と言ってくれたお墨付きの魔術だぞ！　ちょっと違うぐらいがなんだ！」

そうだよ、ちょっと普通の魔術と違うぐらいがなんだ。彼女の術はきちんと威力があるじゃないか
と、俺は反省した。

「すまない！　疑って悪かった……！　君の魔術は本物だ！」

「……ホ、ホントにそう思ってる？」

「ホントにそう思っている！　さあ！　君の魔術を見せてくれ！　俺も本物の兵士だと証明してみせるよ！」

俺の言葉に、ハミィは力強く頷いた。

新しい魔術を使うつもりだな！

警戒している俺に、サクラノが声をかけてきた。

「師匠ー、わたしには力技に見えるのですがー」

「ふむ。ここは静観じゃよ、サクラノ」

「ですがメメナ。彼女、師匠と同類の匂いを感じるのですが……」

「だからじゃよー。他の連中もそうだと言っているのならば、彼女に直接伝えない大事な何かがあるのかもしれんぞ」

「……そうですね。わかりました、大人しく観戦します」

サクラノはそれで納得していたようだった。

俺と同類の匂いってなんだろ？

俺が深く考えこむ前に、ハミィが魔術を詠唱してきた。

「い、いくわよ……！　水飛沫《アクアスプラッシュ》！」

ハミィはそう唱え終えてから大きな水桶まで走っていき、手のひらですくう。

そして、勢いよく水を投げつけてきた。

水は四散して雫となり、矢のように飛んでくる。俺がひょひょーいと避けると、雫は地面を穴ボコにした。

くっ！　これがハミィの水魔術！

「……やるわねっ！　お、大技を出すわねっ！」

ハミィが水桶を肩に構えると、爆乳がバルンッとふるえた。

爆乳で視線を釘付けにさせてからの大魔法か!?　詠唱の隙がなくなる高度な連携技だ！

「水弾丸《アクアバレット》！」

ハミィは砲丸投げの要領で、水桶をまっすぐに投げつけてきた。

ギョオオオオンッとまっすぐに飛来する水桶、もとい水魔術。

俺は鞘から勢いよくロングソードを抜く。

「せいっ！」

鋭い風圧が発生して、俺の正面で水桶がバカリと縦に割れる。

割れた水桶は中身をまき散らしながらゴロンゴロンと転がっていき、そしてひらけた視界の先では、ハミィが呆然と立っていた。

「……えっと、どうしたんだ？　やっぱり元兵士には思えないとか？」

「あなた……」

「うん？」

「あ、あ、あなたも、魔術師だったの!?!?!?」

「へ？」

「い、い、今の、風魔術よね!?　ハミィも似た術を使えるの……！　あ、あなた！　ハミィと同系統の魔術師だったのね！」

ハミィは俺以外誰も見えないといった様子で熱く見つめてくる。

俺は、魔術師だったのか!?!?!?


ハミィとの決闘から数日経つ。

「――獣人の町に、ようこそ!」

町の大通りで、俺の門番台詞が決まる。

会心の台詞だと思ったが、行きかう獣人の反応は芳しくない。

来る者拒まずって感じの町だしな、門番は必要ないのだろう。町に名前もないし、大きな寄り合い所と考えているのかも。そもそも門がない。

だけど俺は門番なのだ。どの町にいても、日常の象徴たる門番でありたいのだ。ぶっちゃけ、仕事がなくて勝手にやっているだけだが。

ハミィとの決闘後、俺たちは獣人に受け入れられた。

気風は荒いが快活なのか、決闘すればだいたい友だちらしい。

冷たかった猫耳の男も『宿を探しているのか? だったらオレの宿に来い。タダで泊まらせてやるよ。お前には稼がせてもらったしな』と言ってくれた。

俺が『無傷で決闘を終える』大穴に賭けていたらしい。

だからもあるが、好意的に接してくれるようになった。ただ、それでも移動手段は貸してくれなかったが。

それに隣町とはかなり離れているようで、荒野を徒歩で行くのは危険らしい。

『……今は諦めてくれ。……町には、あと数日間滞在するだけで済むはずだ。金に困っているならオレが融通しよう。仕事？　仕事はもう誰もとらねーんじゃねーかな』

含みある言い方は気になったが、結局教えてくれなかった。

それは、他の獣人も同じだった。

罪に問われないのならば強制力がないようで、保安官のハミィ経由でもダメらしい。

とにかく、まったく仕事をしないのもなんだしと、俺は門番をやっていた。とはいえ暇だ。

俺は誰も見ていないことを確かめてから、こっそりと詠唱してみる。

「……火炎矢《ファイアアロー》」

俺の手のひらから炎の魔術は……でなかった。

ハミィが編み出したオジリナル魔術は、俺も使えるらしい。

ただの雑魚狩り専門の兵士だと思っていたのに、ここにきて特殊な魔術の使い手だと判明するなんて。ちょっぴり自信がついた。

「こう……かな？　雷撃《ライトニング》ッ」

全身で雷を表現したポーズを決めてみるが、雷の魔術は発現しなかった。

うーむ、普通の方法ではやはり発現しないか。

戦闘中は、意識せずに使えているんだよなー。

サクラノとメメナは『アレが魔法かどうか、自分たちはよくわかんないっす』みたいな態度でいるし、俺が思うよりずっと特殊な魔術系統なのでは？

「――師匠、何をしているんです？」

サクラノが背後から声をかけてきたので、俺は慌てて雷のポーズを解く。

サクラノのなんとも言えなさそうな表情に、俺の頬が熱くなった。

「こ、これは……これは、門番体操だな……！」

「門番体操……？　門番の秘伝技ですか？」

「門番は立ちっぱなしで体がこりやすいからな。ほ、ほぐしているだけだよ……」

最後は小声になってしまう。

子供みたいに魔術を放てそうなポーズをしていたなんて、弟子には恥ずかしくて言えん。

「師匠ー、門番体操するぐらい暇なんですよね？」

「ん？　ま、まあな。サクラノはもういいのか？」

「はい、獣人との語り合い《ケンカ》は今日はおしまいです」

サクラノは獣人の気風があっているようだ。

「じゃあサクラノと修行……と行きたいけれど、先約があったみたいだな」

「あったみたい、ですか？　聞き慣れない言い方ですねー」

俺が民家の壁にちらりと視線をやる。

ハミィが半分壁に隠れながら俺たちを見つめていた。

あの様子だと、大分前から隠れていたな。

先日も同じことがあった。引っこみ思案なのか、遠慮する性格なのか。俺に用事があるとは思うのだが、何かと怯えがちな彼女との距離の詰め方がまだよくわからない。

が、サクラノは一切躊躇しなかった。

「ハミィッ!! 用があるのならば、こっちに来んかーっ！」

サクラノの大声に、ハミィはひゃっと驚いて、壁に隠れてしまう。

サクラノはむむーっと難しそうな表情をしてから、敬語に改めた。

「……ハミィ。用があるのでしたら来てください。隠れていてはわかりませんよ」

サクラノなりの気遣いだ。ここの獣人は身内判定になったようで、対応が甘くなったらしい。

しかしハミィは自分が出てきていいのか、まだ不安そうな表情でいる。

「ハミィ！ 俺も魔術の訓練をしたいから来ておくれよ！」

俺もそう呼びかけて、ハミィがようやく出てきた。

彼女はちょっと背中を丸めながらやってきて、申し訳なさそうにたずねてくる。

「せ、先輩……。ハミィのために時間を作ってくれるの……？」

「正直暇だったしさ。時間は余りまくっているよ」

「ち、乳だけ女がなに人さまの時間を奪ってんだとか思っていない？ 迷惑じゃないわよね？」

「お、俺も魔術を使えるようになりたいからさ」

ハミィは何かと後ろ向き思考だ。それはもう豪快に。

よくそれで保安官が務まるなと思うが、自信が全然ないからこそオリジナル魔術を編みだし、獣人の中でも珍しい魔術師になったのだろう。

ちなみに『先輩』とは、俺がハミィより高度な術を使ったからだ。

なんでもハミィも正拳突きで、風魔術を発生させることができるらしい。

壁に穴をあけることはできるが、俺ほどの威力はないのだとか。

だから俺を先輩と慕い、俺も同系統の魔術師として彼女から色々学ぶことにした。

「じゃ、じゃあ……後でいつもの場所でね。先輩」

「わかった。いつもの場所で」

ハミィはほんの少し微笑むと、足早に去って行く。

が、途中でふりかえって、また不安そうに俺を見つめてきた。

「大丈夫大丈夫！　絶対に行くから！」

ハミィは安心したのか、大通りを歩いていった。

途中、いろんな人に声をかけられている。

「おう、ハミィ。今日も元気に巡回中か？」

「ハミィ。あんた綺麗なんだから、ちゃんと背筋を伸ばして歩きなさいよ！」

「甲羅ガニバーガーを食べてけよ！　元気になるからさ！」

みんなから可愛がられているなあ。

ハミィはいつも自信なさげで頼りないが、町に襲ってきたモンスターを何度も退治したり、悪者をとっちめたこともあるらしい。彼女はこの町の保安官として、立派にやっているようだ。

ふと、サクラノの物言いたげな視線に気づいた。

「す、すまないサクラノ。ここ数日、師匠らしいことができなくて」

「いえそれは全然……気にしているのですが。とても気にしているのですが」

サクラノは真顔だ。めちゃくちゃ気にしている……そう正直に告げられている……。

後で必ず埋め合わせしなくては。

「ただ師匠、それと同じぐらい町の様子も気になっておりまして」

「……そ、だよな」

町は活気にあふれているのに、どこか寂しげだ。空元気みたいな。荷造り中の住人もチラホラと見かけるが、すぐに出て行く気はないようだし。

町の空気にサクラノと一緒に首をひねっていると、背後から呼びかけられる。

「兄様ー、サクラノー。事情がわかったぞー」

メメナだ。

ホクホクした表情で、甲羅ガニバーガーの包みを抱えながらやってきた。

「メメナ、何かわかったのか？」

「うむ、店員と親しくなって教えてもらったぞ。これも年の功というやつよのう」

子供には警戒心が薄れるのだろうか。

「それで、彼らは何を隠しているんだ？」

メメナはスッと真面目な表情になる。

「超古代兵器が迫っているとかで、この町がなくなるらしいんじゃ」


町外れの廃材置き場。

そこがハミィの魔術工房、兼、訓練場だった。

地平線に埋もれかかった太陽が壊れた椅子や机を照らしつけ、長い影をつくっている。探窟家の多いダビン共和国だからか、冒険用装備が山のように捨てられていた。

他には、ぎゅうぎゅうに丸められた剣や鎧が散らばっている。

ハミィがここで魔術訓練をするのは、廃材をスクラップにするためもあるようだ。圧縮魔術かな？

圧縮魔術はかなり高度な魔術と聞いている。

独特の魔術系統でも、ハミィが魔術の才にあふれているのがわかる。

そのハミィは頑丈そうな大盾を伸ばしてー叩いてー、くるくるーっと丸めていた。

魔術すっげー。大盾が飴細工みたいだー。

さて、俺も魔術を使いこなせるように訓練しよう。

門番として、みんなの日常を守れるように。そしてサクラノの師匠であるならば、俺は強くなりたかった。

「せいっ！」

ロングソードを鞘から抜いて、すぐに納める。

鋭い風圧だけが飛んでいき、50メートル先の鎧を縦真っ二つに裂いた。

ハミィがパチパチと拍手する。

「す、すごい威力……！　射程も精度も、先輩の攻撃魔術は素晴らしいわ！」

「でも俺、他の魔術を使えそうにないんだよな」

「もしかして、風魔術の適性が高いのかも……」

……そうなのだろうか。

ただ素早く剣をふっただけで魔術らしきことはしていない。

いまさらだが、純粋に俺の技術でないかと考え改めていたのだが。

「ハ、ハミィはこれぐらいかな……風拳《エアーハンド》」

ハミィは正拳突きをかます。

ボンッと空気が弾ける音がして、10メートル先の本棚が壊れた。

「ハ、ハミィは土魔術の適性が高いから……。風魔術はてんでなの」

ハミィはいたって真剣だ。

拳圧で本棚を壊したなんてこれっぽっちも思っていない様子。やはり俺たちのこれは魔術なのだ。

「うーん、俺に合った魔術か。今まで魔術を意識して使ってこなかったから、自分には何が合うのかわからないな」

独特な魔術系統だし、勝手がわからなすぎる。

ハミィも俺以外に使える者は見たことないと言っていた。

「だ、だったら……ハミィが先輩に合った魔術を手取り足取りで教えてあげるわ。わ、わたしに触れられて、気持ち悪くなければだけれど……」

「そ、そんなことないない！　ぜひお願いするよ！」

「…………ホント？」

「ホントホント！」

ハミィは明るい表情になり、俺の側までテテテと歩みよる。

そして、爆乳ごと、俺の腕にぐにゅりっと密着してきた。

「!?!?!?」

「えっとね、先輩に合った魔術は――」

何この弾力!?　上質なミノ肉!?!?!?

吸いこまれるような柔らかさ！　それでいてハリのある弾力！

この弾力でいったいどれだけの者が救われるのか!!!!!!

腕から伝わってくる超ド級の破壊力に、頭が壊れかける。

「先輩？　先輩？　き、聞いているの……？」

「ああ……聞いて……」

何も考えられん。いや、乳の感触ばかりが頭に思い浮かぶ。

こ、このままではいかん。正直に伝えよう。

「ハ、ハミィ……む、胸……」

「？　⁉　っっっっっ⁉⁉⁉」

真っ赤になったハミィは俺から離れて、両腕で爆乳を力強く隠した。

そのせいで爆乳はむにょりと形を変え、その柔らかさを俺に思い起こさせる。

コシのあるプリン‼‼‼

そうやって気が動転しそうな俺に、ハミィが涙目で謝ってくる。

「ごめんね……ごめんね……」

「え？　な、なんでハミィが謝るんだ？」

「お、驚いたよね……。ハ、ハミィの胸は小さい頃から大きくて『ハミ乳ハミィの胸は人をダメにする』なんてからかわれたり……。先輩には胸だけの子なんて思われたくないのに……」

大きな胸にコンプレックスがあるみたいだ。

確かにこの爆乳は目立つし、視線を独占するだろう。小さな頃、同年代の子にからかわれても仕方ないかもしれない。

熟女好きの俺ですら、意識が乳一色になる破壊力があったものな……。

まてよ？

「なあハミィ。もしかしてさ、ハミィの爆乳は魔術の一種じゃないのか？」

「爆乳が、魔術……？？？」

ハミィは困惑と動揺が混ぜこぜにされたような表情で固まった。

けど俺が冗談を言ったわけじゃないと察したか、言葉を待ってくれている。

「俺たちの魔術系統は……どうも体術と関係しているように思える。身体能力が魔術の威力に左右しているのならば、肉体的な特徴もなんらかの魔術が働いている可能性があるかもしれない」

「つ、つまりハミィの胸が大きいのは……魔術のせい？」

俺はその通りだと大真面目に頷いた。

「俺……さ。ハミィに胸を押しあてられて、意識がふっ飛びかけた。今だって視線が胸に誘導されそうになっている」

「っ～～～～」

ハミィは恥ずかしそうに唇を結ぶ。

「だけど、それは金縛りの魔術……。あるいは束縛の魔術だとしたら？」

ハミィはすべてを察した表情になり、両腕をほどく。

大きな胸がバルンッと揺れた。

「……あ、ありえるかも。ハ、ハミィの魔術は自分でもわからない部分が多いから」

ハミィはぶつぶつと小声で考えこみはじめた。

しばらくして、何かを決心した顔になる。

「せ、せ、先輩……っ」

ハミィは爆乳の下に手を添えて、ぐっと持ちあげてきた。

乳はさらに二つの大きな山となり、綺麗な稜線を描いている。

「!?!?!?」

俺の視界は乳一色に染まってしまう。

そこには乳しかない。乳しか見えんのだ。

「ど、どう……？　先輩？　ハミィの魔術に……かかった？」

我に返った俺が顔をあげる。ハミィは顔面真っ赤でいた。

俺は大興奮しながら叫ぶ。

「ああっ！　視界が乳一色になったよ！　ハミィの爆乳が俺の頭を支配した……！　ハミィ！　これはすごい魔術だよっ！」

「……ホント？」

「ホントのホントだ!!」

「だ、だったら……！　ハミィは補助魔術の素質もあるのかも……！」

気を良くしたのか、ハミィは嬉しそうに微笑む。赤面もしているのでかなり色っぽく、それも魔術の一種なのだろう。するとハミィはおもむろに爆乳を掴む。

そして上目遣いで、今度は上下左右に乳を揉みしだいてきた。

「!?!?!?!?!?」

「せ、先輩……どう？　ハミィの魔術、効いている……？」

「――――」

「せ、先輩、こ、声もでないんだ……。この新しい魔術すごいわ……！」

ハミィはさらにぐにょぐにょと爆乳を操る。

揉みしだくたび、爆乳が変幻自在に蠢いていた。

ハミィの細い指がどっぷりと乳に埋もれている。どれだけ柔らかくて弾力があるのかを教えるように、指が艶めかしく動く。俺は触ってもいないのに、爆乳の感触が伝わってくるようだった。

ハミィはハァハァと息が荒い。

魔術の副作用か？

うっとりと熱っぽい瞳を送ってくる彼女の痴態……否、魔術はもはや禁術だ。

「先輩……先輩……先輩……っ」

乳。乳。乳。ちーちちち。

何も……考えられなくなってしまう……。

そして、ハミィは、爆乳を揉むのをやめた。

「ハァ……ハァ……ハァ……」

ハミィは荒くなった息を気持ちよさそうに整えている。

ゆっくりと爆乳から指を離して、甘ったるい声でたずねてきた。

「どう、だったかな……？　せんぱい……？」

「す、すごい、良かったよ……」

「えへへ……こ、この魔術、効果はすごいけど恥ずかしいから……。人前では使えないわね……」

ハミィは両手でパタパタと顔を煽いでいた。

魔術を酷使しすぎて火照ったのか、ほんのりと汗をかいている。垂れた汗がハミィの爆乳をテカテカと光らせて、俺はまたも爆乳に釘付けになってしまう。

魔術を解いてもなお、まだ効果があるとは……。

流石稀代の魔術師ハミィ＝ガイロード。素晴らしい魔術だ。全身ポカポカの俺とハミィが目を合わせると、こそばゆい空気になる。

「せ、先輩……。きょ、今日はもう訓練は終わりにしよっか……」

「そ、そうだな……これで解散……。ああ、いや」

俺は大事なことを聞かなければいけなかった。

「……ハミィ、超古代の兵器が町に迫っていると聞いたんだが」

◆　◆　◆

地平線に夕陽が沈み、夜の帳《とばり》が降りてくる。

星々がうっすらとキラめきはじめた大荒野。

俺とハミィは、廃材置き場のベッドに腰をかけながら夜空を眺めている。

俺たちはずっと無言だった。

俺は急かそうとせず、ハミィが話してくるのを静かに待っていた。

「…………こ、この町はね……もうすぐ無くなっちゃうの」

そうつぶやいたハミィの横顔は、無力がにじんでいた。

「超古代兵器ってやつのせい？」

「う、うん……。よその人から『この国の獣人は町に永住しない』なんて言われるけれど、理由が色々あるのよ……。その内の一つが、超古代兵器グリードン」

ハミィは地平線を眺める。

まるで、そこに巨大な城塞があるかのように。

「ちょ、超古代兵器グリードンは、魔素溜まりやダンジョンコア……それに、モンスターを糧としながら半永久的に動く移動要塞……。こ、古代人が発明した防衛兵器らしいけれど、今はあてもなく大荒野を彷徨っているわ」

古代の防衛兵器、そんなものがいたなんて。

魔素溜まりの多いダビン共和国なら、糧とやらに困らないのだろう。

「ハミィ、誰も古代兵器を破壊しようとしなかったのか？」

「……ふ、普段は地中深くにもぐっているのよ。エネルギーが尽きかけてきたとき、地表にあらわれるの。それをずっと繰り返している……」

「その周期がもうすぐってこと？」

「そ、そうね。このあたりは魔素溜まりが多くなったから、今回はいち早く狙われるわね……。あの恐ろしい要塞を前に、町はあっという間にぺちゃんこにされちゃうわ……」

ハミィは廃材置き場を悔しそうに見つめる。もうすぐ無くなってしまう光景を目に刻みこんでいるようだった。

地中に潜伏する古代兵器って、まさか、あの訓練用ゴーレムか？

「そ、それにね……。破壊したくても最奥のダンジョンコアは、最終防衛兵器グリードン・オメガと化しているわ……。誰もかいくぐることのできないレーザー攻撃。絶対に傷つけることができない外殻……。グリードン・オメガは恐ろしい兵器なのよ……」

あ。じゃあ。ちがうや。攻撃もぬるかったし、余裕で真っ二つにできたもんな。

「なあハミィ。町の人たちは避難しないのか？」

ハミィが困ったように笑う。

「ま、町が無くなるところを酒でも飲みながら見届けるんだって」

「……そりゃまた豪快な」

「あ、危ないから避難してって、何度も言ってるのにね……」

ハミィはちょっとだけ眉をひそめて苦笑した。

獣人が移動手段を貸さないのは、町の終焉をギリギリまで見届けるためか？

けど初対面のとき、獣人たちはやけにピリついていた。俺たちがよそ者だからとも思うが、あそこまで塩対応だったのも違和感がある。そもそも、俺たちに超古代兵器の存在を隠す必要もない。

「せ、先輩。みんなこの町が名残惜しいのよ。だから口にしたくないんだわ……」

俺の疑問が顔にあらわれていたか、ハミィはそう言った。

自分も含めてねと言いたげな彼女に、俺は引っかかりを覚える。

「ハミィは……どうする気なんだ？」

町を守る保安官だからといって体を張る必要はないはず。

けれどハミィは届かない星を求めるように夜空を見上げた。

「ハミィのお母さんはね……。凄腕の保安官だったの」

「ハミィのお母さんなら、きっと強かったんだろうね」

「ええ……。世が世なら。勇者パーティーにいてもおかしくないほどの強い獣人……。ダメダメのハミィとは全然ちがうわ……」

ハミィは弱々しく拳をにぎる。

「……先輩。一度ね、この町に超古代兵器グリードンがやってきたの」

「？　ハミィの話じゃ、絶対に抗えない兵器なんだよな？」

町が残っているわけがない。

「お、お母さんががんばったの。たった一人で超古代兵器に立ち向かって……」

「本当にすごいお母さんなんだ」

「でも……それでも……超古代兵器の進路を変えることしかできなくて……。お母さんも二度と戦えない体になってしまって……」

「えっ？」

「し、心配しないで生きているわ。た、ただ、要塞最奥のグリードン・オメガに生体エネルギーを吸収されてね……。以前のように戦えなくなって……今は療養地にいるの」

エネルギー吸収機能があるなんて、本当に恐ろしい兵器だな。

俺は見たこともない超古代兵器グリードン・オメガに恐れおののいた。

「せ、先輩……。この町はね、一度破棄されるところだったの」

「……こんなにも町は賑わっているのに？」

「次の周期でも襲われるだろうし……。それなら、さっさと他の場所に移った方が良いって……。だからハミィは……みんなの前でこう言ったわ……」

そこで、ハミィは黙ってしまう。

彼女がみんなの前で何を言ったのか。

ふさぎこんで自信なさげにいるハミィの姿に、俺は察しがついた。

「君は、みんなの前で、保安官になって町を守るって言ったんだね」

「……うんっ」

迷いのない返事だ。

なのに、ハミィは目を伏せてしまう。

「ヨワヨワのダメ獣人が保安官になれるわけないのにね……。けど」

ハミィは小石を拾う。

「石弾《ストーンショット》」

ハミィは小石を指ではじいて、廃材の瓦礫をチュイーンッと撃ちぬく。

瓦礫はガラガラと音を立てて崩れた。

「お母さんも反対したけど……。諦めの悪いハミィにけっきょくは折れてくれて、『自分に自信がつく、おまじないをかけてみなさい』、そう教えてくれたの」

「それが、ハミィが魔術師を目指したキッカケ？」

「最初は『ハミィはとっても強くなーる』そんな単純なおまじないだったわ……」

「それで効果があったわけだ」

「ええ。ハミィは魔術に目覚めて、保安官として町を守れるようになった」

だからこれからも保安官として町を守りつづけてみせる。

そんな彼女の覚悟に気づいて、俺は慌てた。

「まさかハミィ!?　お母さんと同じように超古代兵器に立ち向かうつもりじゃ!?」

「それがハミィの役目だもの……」

「お母さんでも苦戦したんだろ!?」

「ハミィはこの町に思い出があるの……！　お母さんが守ってくれた町をハミィは守りたい……。だからハミィは……この牛柄ビキニをお母さんから受け継いだの」

ハミィが誇らしげにビキニの紐を引っぱったので、爆乳がぷるんとふるえた。

その牛柄ビキニ、お母さんのものだったのか……。

獣人は町に根付かないと思っていたが、全員がそうでもないのか。

俺も門番だ。町を守りたい気持ちはわかる。

わかるが……相手は超古代兵器だ。そして母親から受け継いだビキニ。

話を聞くかぎり相当な強敵だ。止めるべきか。母親から受け継いだビキニ。しかしハミィの気持ちを尊重してやりたい。母親から受け継いだビキニ。

くっ……！　母親から受け継いだビキニの情報が強すぎて、思考がまとまらん‼

頭がわちゃわちゃになっていた俺に、危急を告げる声がとどく。

「——大変だ！　サメが攻めてきたぞ！」

サメ⁉　大荒野にサメだって⁉

◆

本当に、サメが襲来していた。

大通りでは獣人が逃げまどい、町中で悲鳴や怒声があがっている。

無数の背びれが、地表に溶けこむように蠢いていた。まるで水中を泳ぐように、サメサメしい体をときおり見せつけている。

サメだ。本当にサメだ。ど、どうして大荒野にサメが⁉

いやしかしサメは水棲モンスターと思われがちだが、生息域を選ばない特性があると聞く。

事実、王都の下水層では壁を泳いでいたじゃないか！　大荒野で生息ぐらいするさ！

地中を泳ぐサメは、酒場前にいた主婦に襲いかかる。

砂煙が巻きあがり、そして、サメが姿をあらわす。

人間サイズの砂色サメは、ギラリと鈍く光る歯で喉元に食いつこうとした。

「せいっ!!」

俺は駆け抜けながらサメを輪切りにする。

バラバラになったサメが地面に落ちると、他のサメたちが集まってきて、あっというまに仲間を食いつくした。

数が多すぎる！　大通りだけでも100匹以上いるぞ⁉
100、200、下手すれば町全体で1000匹以上か⁉
王都の下水道でもこんなに大量に湧くことはなかったぞ!!

「ハミィ!!　このサメたちはいったいどこから⁉」

俺は襲いかかるサメを斬りながらたずねた。

ハミィは水飛沫《アクアスプラッシュ》でサメを穴ぼこにしながら答える。

「荒野鮫《ランドシャーク》だわ……⁉　荒野の掃除屋と呼ばれる食欲旺盛なモンスターよ！　け、けど、おかしいわ……！　超古代兵器が目覚める時期は、餌になるのを恐れて岩場で隠れているのに……！」

「じゃあ何か理由があって、町に押し寄せてきた……？」

ネズミは天災が起きる直前、群れで逃げだすというが。

まさか超古代兵器が突然目覚めて、慌てて逃げてきたとかじゃないだろうな。

状況がわからない。こんなときに心強いのは。

「師匠ー！　ハミィー！　ここにいましたかー！」

サクラノがランドシャークをカタナで斬りながら駆けてくる。サメが大量発生しても慌てることなく、とっても溌剌とした表情だ。

敵が多いほど元気になる子なので、いると安心するなあ。

「サクラノ！　状況はわかるか⁉」

「はっ！　1000匹以上のサメが一塊で町に襲いかかってきたそうです！　大通りの主要施設を破壊したのち、サメどもは町中に散ったとメメナからの報告が！」

サクラノは褒めて褒めてオーラを醸しながら言った。

そのメメナはどこに行ったのか。いた。

屋根を飛び移りながら、魔導弓で地面のランドシャークを的確に射抜いている。

メメナは俺と視線が合うなり、余裕の笑みで手をふってきた。

うちの仲間は武闘派ばかりだあ。

「1000匹以上か……1匹1匹ならたいしたことないが……」

いくらなんでも数が多すぎる。標的が俺だけなら別になんてこともないが、住人を守りながら戦うには絶望的に人手が足らない。

ハミィも同じ考えに到ったか、顔を青ざめさせた。

「そ、そんなに数がいたら……み、みんなを守りきれないわ……」

ネガティブ思考に陥ったようで、呆然と立ち尽くしている。

しっかりしろと言ってあげたいが、ここは彼女の町。誰よりも町を想うがゆえに、ひどく動揺しても仕方がない。立ち直りの言葉を考える俺だったが――。

そのとき、獣人たちの威勢の良い声が聞こえてくる。

彼らは槌や槍を持ち、サメ相手に反撃しはじめていた。

「サメごときがオレらの町でしゃしゃってんじゃーねぞ！」

「全員スープにするぞオラァ！」

「脳髄ぶちまけろや！　クソザメが！」

言葉は荒いし、目が血走っている。流石だ。ヤラれるだけの被害者じゃないようだ。

しかし、全員当たり前のように武器を持っているな？　いくらなんでも準備が良すぎる気がする。

その違和感に、ハミィが叫んだ。

「ど、どうして！　みんな武器を持っているの……!?」

ハミィの疑問に誰も答えない。

罰が悪そうな表情で視線を逸らし、サメを撃退していた。

「ま、まさか、みんな……グリードンと戦うつもりだったの……？」

ハミィはひどく動揺したようで、その場に崩れ落ちそうになっている。

「ど、どうして隠れて準備をしていたの!?　みんな、ちゃんと逃げるって……！　ハ、ハミィはそんなに頼りない……？　ハ、ハミィは……」

隙だらけになったハミィに、ランドシャークが襲いかかる。

彼女の首筋を狙ってきたサメを、俺は一刀に伏せた。

「せ、先輩……」

「ハミィ！　君の役目はなんだ!?」

「ハミィの……役目？　……っ!!」

当たり前の問いかけが心にひびいたようで、ハミィの瞳に力が戻る。

そうだ！　町を守ると一歩踏みだした子が、ダメダメで弱いわけなんてない！

「君はいったい、誰なんだ！」

「この町の………保安官よっ！」

ハミィは正面から向かってきた30匹のランドシャークに視線をやる。彼女は怯えることなく、威風堂々と対峙した。

さあっ、絶対に負けられない防衛戦のはじまりだ！

俺はロングソードを握りしめ、自分の存在意義を問う。

「そして俺は……ただの門番だ！」


俺たちは大通りを縦横無尽に駆けまわっていた。

ランドシャークの群れは砂煙を巻き起こし、地表から跳ねあがってくる。凶悪なギザギザ歯で骨ごと食いちぎる気だろう。

サクラノはカタナを納刀し、地面をズザザッと滑りながら抜刀する。

「狡噛流ッ！　大噛み！」

まるで顎を閉じるような上下同時の斬撃に、サメの頭部が消失した。

闘神を宿したかのようにサクラノは戦場でカタナをふるう。

メメナは、屋根を飛び跳ねながら魔導弓で射つづけていた。

高所の少女を難敵と見定めたか。サメが数匹集まって射出台になり、射出台から次々にサメが空へ跳ねあがる。

「光陰穿《アロースパイラル》！」

しかしメメナは極めて冷静にサメたちを一直線に射抜き、壁にはりつけた。

気品すら感じるその所作は、まさしく森の妖精だ。

そしてハミィ。

「石　刃《ストーンカツター》！」

平べったい石が放たれて、サメはザクザクと斬り刻まれる。

彼女たちはサメの群れ相手に、誰一人として遅れをとっていなかった。

よしっ、俺も負けていられないぞ！

俺はロングソードを構えて技名を叫ぼうとしたが、言葉を詰まらせる。

技名が、ない。思えば普段から『せいっせいっ』としか言ってねーや。

それっぽい技名を叫んでおこう。

「も、門番斬りっ！」

……苦しいか。まあ一応サメは細切れにした。

サクラノは『それどんな技ですか！』と瞳で語りかけてくるが。すまん。これ、ただ雑に斬っただけなんだ……。

ともかくだ。ランドシャークの数は順調に減っている。町の獣人を守る必要がないので目の前の敵に専念できていたからだ。

その獣人たちは、血気盛んに戦っていた。

馬に乗りながら槍でサメを突き殺したり、弓で射抜いたりしている。

どこかでチュドーンッと爆発音が聞こえたが、火薬を使ったようだ。どうやら荷造りに見せかけて、町中に火薬を仕込んでいたらしい。対超古代兵器グリードン用だろうな。戦闘練度が高いのも、こっそりと訓練していたみたいだ。

ハミィはそんな彼らに心苦しそうにした。

「どうして……みんな……」

迷いが晴れたとはいえ、納得はできないのだろう。

俺はなんとなくだが、彼らの気持ちを察していた。

ハミィと数日間接していて、彼女の人となりがわかったからこそなのだが。

戦況が一旦落ち着いたし、伝えておこう。

「ハミィ、ちょっといいか」

「先輩？」

ハミィは俺に浮かない表情を見せた。

「もしさ、町のみんながグリードンと戦うと言ったらハミィはどうしてた？」

「そ、そんなの絶対にやめさせるわ……！」

「ハミィは一人で戦うつもりだったのに？」

「そ、それは……みんなが戦うと知ったらやめさせて……ハミィも一緒になって逃げるわ。だ、だって、町よりみんなのほうが大事……お母さんの雪辱を晴らすよりも……ぁ……」

ハミィの言葉にだんだんと力がなくなる。

言いながら、みんなの気持ちを理解したのだ。優しい子だ。そんな彼女は瞳に涙をため、こぼれる感情をおさえるように微笑んだ。

「ハ、ハミィは……みんなに守られていたのね……」

ハミィがみんなを守っていた。

でもそれ以上に町のみんなが、がんばる保安官のことを見守っていた。

深い愛情に気づかされたハミィはポロポロと泣きはじめ、涙をぬぐう。

「……そんなこともわからずに、ハミィは」

「ハミィ……」

俺は彼女に寄り添おうとしたが、その隙を狙い、ランドシャークが飛びかかってきた。

このサメッ、泣いている女の子を襲おうとは！

しかし俺が剣で輪切りにする前に、ハミィが裏拳でサメを殴りつける。

ボンッ、とサメが勢いよく爆ぜた。

…………何今の。無詠唱魔術？

「み、みんな……。ハミィは、自分のことばかり……」

ハミィはサメを倒していたことに全然気づいていない。無意識か。今も地面から迫りくるサメを蹴飛ばして、汚い花火に変えていた。彼女が無詠唱の使い手とは聞いてない。術を使うときは必ず詠唱していた。

もしや、魔術師としてレベルアップしたのか？

それにしてはあまりにも徒手空拳すぎるような……。

「ハ、ハミィは……ハミィは……本当にダメダメ獣人ね……」

ハミィはぐずぐずと泣きながらもサメを蹴散らしている。

正直、桶や石を投げるよりもずっと強くないか？

そういえば、ハミィの母親は娘に『自分に自信がつく、おまじないをかけてみなさい』と教えた。

いつも自信がないハミィを、町の獣人は凄腕魔術師と言い張っている。

俺はぴーんときた。

まさかハミィは、自分の強さにまったく自覚がないのか!?!?!?

そ、そんな子いるっ!?　いやここにいたが！

ハミィの魔術は純粋な物理だ。パワーだ。魔法（物理）だ。

自信がなさすぎて十全に力を発揮できないから、みんな彼女に魔術師だと思わせているんだ。

ああ、じゃあ俺も魔術師じゃないわ。

剣を抜いて風圧を発生させたり、衝撃波を発生させたり、空中で踏んばって停止したりするのも全部全部。魔術なわけがない。

そう！　ただの技術だ‼

俺は自分の勘違いに呆れつつ、ハミィに真の強さを教えようとしてやめた。

勘違いして強いのならば、勘違いしたままでいい。

「ハミィ！」

「ひゃ、ひゃい⁉　な、なあに、先輩？」

ハミィは涙をふきながら、俺をじっと見つめてきた。

「落ちこまなくていい。ハミィが町を守ってきたのは確かだろう？」

「う、うん……」

「いつもどおり、この危機から守ればいい。今の君には新しい力があるのだから」

俺が力強い笑みを向けると、ハミィは不思議そうに首をかしげた。

と、ちょうどよいタイミングで、ランドシャークが10匹ほどやってくる。ハミィが石を拾おうとしたので、俺は止めた。

「ハミィ！　拳と足で戦うんだ！」

「え……？　で、でもハミィの貧弱パワーじゃ……」

「君は無詠唱魔術に目覚めている！　簡単な魔術なら無意識でも使えるんだ！　手と足だけでも戦え

るよ！」

「………ホントのホント？」

「ホントのホントだ！　絶対だ！　ウソじゃない！」

俺が言いきると、ハミィは拳を強く握りしめた。対峙するはサメの群れ。彼女はすううううと深く息を吐いてから、そして、拳と蹴りの嵐を繰りだした。

ボン、ボン、ボボンッと、サメが粘土細工のように爆ぜて全滅した。

やはり直接殴り蹴るしたほうがハミィは強い。

案外気づきにくい事実だと思うんだ。俺の洞察力も捨てたもんじゃないな。当のハミィはかなり驚いたようで、両拳を呆然と見つめている。

「どうだハミィ！　それが今の君の力だ！」

「うんっ……うんっ……！　こ、これならあの魔術が使えるかも！」

あの魔術って、何をするつもりだ？　するとハミィは勢いよくサメの群れに走っていき、両拳をこすりあわせる。

摩擦熱で、拳にボッと火が発生した。

「火炎拳《フレイムフィスト》！」

ハミィは火炎の拳でサメの群れをあっというまに灰に変えてみせる。それから拳の火をはらい、

「わーい！　新しい魔術の完成だわー！」と喜んでいた。

今度は俺が惚《ほう》けてしまう。

ま、まさか、摩擦熱で火を発生させるとは。思いこみすごいなあ。こんなに思いこみが強い子、他にいないだろうなあ……。もうちょっと自分の強さを自覚してもいいと思うのだが。

俺がある意味感心していると、メメナが屋上から呼びかけてきた。

「兄様！　町中のサメたちが大通りに集まってくるぞ！」

「なんだって!?」

「あれは……合体する気のようじゃ！」

大通りの先で、サメたちが一塊になって蠢いていた。

◇◇◇

ハミィが自分をヨワヨワ獣人だと思っているのも理由がある。

母親が偉大な獣人であり、何かと比較されがちだったこと。

引っこみ思案でなかなか全力を出せないこと。

ほぼほぼ、ネガティブに思いこみが強い性格が原因だ。

素質そのものは母親を凌駕していたのだが、いかんせんメンタルの調子で強さがブレる。日によって実力が大きく変わったりもした。

当の本人は『今日は大気中の魔素が薄いわね……』としか思っていないが。

調子の良い日は強敵をあっさりと倒すのだが、必要以上に敵を大きく見る癖もあった。

今だってそうだ。

ランドシャークの群れが、大通りの先で蠢いている。

このままでは倒されると思ったサメたちは一塊になり、見張り塔より大きな巨大サメとなってグオオオーンッと吠えたのだ。何せ巨大サメだ。グオオオーンッとぐらい吠える。

ハミィは戦慄した。

「最終《ファイナル》……荒野鮫《ランドシャーク》……！」

ファイナル・ランドシャークの最終形態であり、すべてを食いつくす凶悪モンスターの降臨だ。

その正体は魚群。小魚の群れが天敵から身を守るように、生き残ったサメが寄り添って、巨大サメに見せかけている擬態だ。ちなみに目のポジションはサメたちに人気なので、いつも争奪戦が起きる。

しかし魚群であってもその巨体は、ハミィを怖れさせるには十分すぎた。

自分なんかが、みんなを守れるのか。

そうして二の足を踏んでいると、屋上のメメナが長距離狙撃する。

「光陰瞬《アロースナイプ》！」

まばゆい光がズキューンッと一直線に伸びていき、ファイナル・ランドシャークの右目を射抜く。

しかしだ。

「ダ、ダメよ……！　再生しているわ……！」

ファイナル・ランドシャークの右目が元に戻っている。

実際は別のサメが新しい目ポジに収まっただけで再生はしていないのだが。思いこみの強いハミィには、脅威に思えて仕方がなかった。

「むうー。ワシ、火力はそーないしのうー」

メメナが困っていると、サクラノが颯爽《さっそう》と駆けて行こうとする。

「ではっ、わたしが斬って斬って斬りまくってやりましょう！」

「待て待て待て！」

彼が手を握って引きとめると、サクラノは頬を紅くした。

「サクラノ、あの巨大サメはどうやら群生タイプだ。迂闊に近づけばサメが分離して、全方位から襲いかかってくるぞ。サクラノの剣技とはちょっと相性が悪いな」

「……師匠には何か手があると？」

「あの手合いには慣れているさ」

彼が問題なさそうに頷くと、サクラノは「流石師匠です！」と褒めたたえていた。

先輩は不思議な人だ。なんだか頼りたくなると、ハミィは思う。

まあ最初に出会ったときは印象が薄すぎて怪しんだし、町の人もモブっぽすぎて存在感がない人だと言っていたりするが、ただものじゃないのはわかる。魔術の実力だけじゃなくて、彼の言葉は不思議と安心する。

その先輩がファイナル・ランドシャークに単身で向かっていく。ハミィは危ないと止めようとしたのだが。

「ぁ……」

彼が柔らかく微笑んできたので、どうしてだか素直に見守ろうと思った。

突進する彼に、ファイナル・ランドシャークが首をもたげる。

そして家を丸々呑みこみそうなほどの大口で、かみ砕こうとした。

先輩はロングソードを構えたが、そのまま巨大サメにがぶりと食べられてしまう。

「せ、先輩!?」

どうして自分は援護しなかったのか後悔したが、そんなもの杞憂だとすぐに悟る。

ファイナル・ランドシャークが苦しそうに身もだえはじめた。

すると巨大サメの胴体から、丸い物体がすぽーんと飛びだす。

先輩だ。彼の周囲には円の障壁が発生していて、ファイナル・ランドシャークの肉体を削っていた。

まさか、そんな、ありえないと、ハミィは両手で口をおさえる。

「あ、あれは……聖障壁《バリア》!?」

賢者しか扱えないとされる絶対不可侵の防御魔術。

悪しきモノを退ける最高峰の魔術が、ファイナル・ランドシャークを消滅させつつある。

魔術の才がある人だとは思っていた。だがまさか聖障壁《バリア》まで使えるなんて。ハミィはあまりの感動で爆乳をぷるりとふるわせた。

もちろん、彼は聖障壁《バリア》など使っていない。全方位に超高速でぶんぶんと剣をふるっているだけの純粋な技術だった。

「うおおおおおおおおっ!」

超高速の剣技に、ファイナル・ランドシャークがどんどんと削れていく。

このままでは全滅するとわかったのか、尾の先から分離しはじめて、ふたたびランドシャークの群れに戻りはじめている。

しかしそんなサメたちを、彼女たちが見逃すはずがなかった。

サクラノが斬り。

メメナが射抜き。

そしてハミィが魔術を行使する。

「ここはハミィたちの町よ……！　出て行って！　風捻拳《エアーブロー》!!!!!!」

捻りをくわえた正拳突きが、一匹のランドシャークにめりこむ。

ランドシャークは他のサメを巻きこみながら、きりもみ回転していき、彼女の視界から消え去るまでふっ飛んでいった。

残されたわずかなサメが逃走しはじめる。

まだ戦いの音が聞こえるが、じきに落ち着くだろう。ハミィはふううと深呼吸してから、憧れの賢者に目をやる。

彼は、なんでもない表情で佇んでいた。

「もう大丈夫そうだな。お疲れみんな。ハミィ、見事な一撃……魔術だったよ」

「う、うんっ……！　ハミィ、先輩に出会えて……光栄だわ！」

「お、おう？　そりゃあ、よかったな？」

先輩は少し恥ずかしそうに頬をかく。

ここ数百年出現していなかった賢者が目の前にいる。

彼は黙っていたのか、それとも自覚していないのか。

稀代の魔術師ハミィ＝ガイロードは、一生をかけて目指すべき目標に胸をドキドキさせた。

それはもう、ものすっごく心をトキめかせた。

彼がかけてくれた優しい言葉を思い出しながら、思いこみの強いハミィは『この胸の高鳴りは強い憧れ』だと、頬を染めながら告げる。

「先輩、とっても素敵だったわ……！」

こうして、また一つか二つか三つぐらい、勘違いが生まれた。


サメ襲来から数日後。

町のいたるところに戦いの痕が残っていたが、獣人たちの表情は実に晴れ晴れとしていた。

なぜか？

例の超古代兵器グリードンが活動停止したからだ。

グリードンの信号を探る古代道具があったらしく、どうもここ数日反応がない。

なので古代道具の感度をあげてじっくりと探ってみたところ、地中深くにもぐっていたグリードンが完全停止していたのを探り当てた。

どうやらエネルギー切れを起こしたらしい。

この大地の厄災であった超古代兵器は、うっかりでその幕を勝手に降ろしていた。

先日のランドシャーク襲撃は、天敵のグリードンが停止したことにより、縄張り拡大を目論んでのことのようだ。悩みの種が消えて、獣人たちは花丸笑顔で町を修繕していた。

俺も町の修繕を手伝うため、トンカチで壁の釘を叩いていると、サクラノが木材をカタナで刻みながら話しかけてくる。

「師匠ー。みんな嬉しそうですねー」

「そりゃあー、町が破壊されることもなくなったしなー」

「ちょっと意外です。獣人は町に愛着をもたないものと思っておりました」

「ここの獣人は町じゃなくてさ……おっと」

俺が釘を打とうとして手持ちがないことに気づく。

「ほれ兄様」

高所作業中のメメナが、屋上から釘を渡してきた。

「おっ、ありがと」

「して。兄様は何を言おうとしたんじゃ？」

メメナは真白い太ももをチラチラと見せつけながら言った。

この子はどーにも隙あらば色香でかどわかそうとするなあ。まあ熟女だったら危ないところだが、子供には動じないさ。

俺は、メメナのまぶしい太ももにちょっと照れながら答えた。

「彼らはさ、町じゃなくて人に根付くんだよ」

俺は大通りに目をやる。

ハミィがあわあわしながら手伝い、そんな一生懸命な彼女をみんなが温かく見守っていた。

全員が、一番守りたい光景がそこにあった。


そうして、絶好の旅立ち日和がやってくる。俺たちは、町外れで大勢の獣人に囲まれていた。

獣人たちは気前よく馬車を貸してくれただけじゃなく、旅道具を新品かと思うぐらいに手入れしてくれた。さらには結構な額の旅資金までいただく。ありがたく、ちょうだいする。この丁重な扱いは彼らに受け容れられたのもあるが、彼女がいたからだ。

「ハ、ハミィ……が、がんばるからね。み、みんなも元気でいてね……」

ハミィはぐじゅぐじゅに泣いている。

腰には魔導ポーチを着けて、旅支度はバッチリ。獣人たちも涙目だ。がまんできずに泣いている者もいる。

「ハミィ！　ちゃんと飯は食べるんだぞ！」

「辛くなったらすぐに帰ってきていいからな！　ここはお前が守った町なんだから！」

「お前が帰ってくる頃には、すっげー賑やかな町にしてみせるよ！」

ハミィは町を旅立つと宣言したのだ。

町のみんなは反対したし、外でやっていけるのか心配する者もいたのだが。

『み、みんなを心配させないぐらい強くなる……。立派に成長してみせるわ！』

いつも自信のない彼女がハッキリとそう言ったのだ。

住み慣れた町を離れて、修行の旅に出るべきか迷っていたハミィの背中を、サクラノが押したのもある。獣人たちも最後にはハミィの決意を尊重してくれた。しかしいざ旅立つことになって、みんなああして泣いている。

こりゃあもうしばらく時間がかかるなと　俺はゆっくりと待つことにした。

と、サクラノがついついと服を引っぱってくる。

「師匠ー。なんでも町に名前をつけるそうですね」

「古代兵器もいなくなったしなあ。定住しやすくするために名前をつけるんだって」

「どんな名前か師匠は聞いていますか？」

「ああ、満場一致だったぞ」

俺は笑顔で告げる。

「ハミィだ」

◇◇◇

ハミィが旅立つ、少し前のこと。

サクラノとメメナとハミィの女子三人は、大通りのテラス席で午後のお茶を楽しんでいた。

これから仲間になるハミィとの女子会である。

ハミィが町の修繕で忙しかったのもあるが、『ハ、ハミィと女子会なんて……もしや上下関係のわからせ……？』と疑心暗鬼になっていたので、開催が少し遅れていた。

ハミィは伏し目がちに紅茶を飲みながら、二人の話を聞いていた。

「——そ、それじゃあ……超古代兵器グリードンは……」

「うむ。兄様が既に破壊しておるぞ」

メメナはダビン共和国に来る原因について語り終える。その特徴から、どう考えても超古代兵器グリードンだ。

最初はおどおどしていたハミィだったが、メメナの話しやすさから疑心暗鬼はなくなっていた。

このあたりの処世術は、流石子供を育てあげた母親《メメナ》である。

ハミィは彼女のことを落ち着いた性格《たまにエッチ》の子供と思っているが。

「す、すごいわ……。ダンジョンコアのグリードン・オメガを倒したのよね……？」

「レーザーを華麗に避けて、見事ぶった切ってみせたのう」

「せ、先輩、すごすぎるぅ……」

ハミィは、はわわーと惚けた。

超古代兵器グリードンは、長年この大地を悩ませていた災厄だ。運良く要塞内に侵入できても無数のトラップが待ち構えている。

そして最奥には、最終防衛兵器グリードン・オメガ。それを打ち破ってみせたというのだ。

流石先輩。流石賢者様。そんなの物語の英雄じゃないか。後でお母さんへの手紙にきちんと書いておこうと、ハミィは感激していた。

「で、でも先輩……。そんなこと一言も……」

「本人は訓練用ゴーレムとしか思っておらんのでなあ」

「……？　ど、どうして、そんな勘違いを……？」

「自分の強さを自覚しておらんのじゃ。兵士としては……まあ鍛えたほうとは思っておるようじゃが、どこにでもいる門番としか認識しておらん」

ハミィは理解に苦しんだ。

世間をよく知らないハミィでも、彼は間違いなくトップクラスに強い。

もしかすれば世界最強ですらある。

「兄様はどーも思いこみが強い性格のようでなー」

「お、思いこみで強さを自覚できないだなんて……。そんな人いるのね……」

ハミィは素で言った。

《お前もじゃい！》

メメナとサクラノは心の中でツッコミはいれておいた。

口に出して言わなかったのは、彼女の強さに思いこみが関わっているのなら、このまま黙っておこうと仲間内で決めていたからだ。

そんなこともしらずハミィは、ウキウキしながら二人に言った。

「だ、だったら……先輩に強さを教えなきゃ……！　グリードンを破壊したってみんなも知れば、英雄として大歓迎してくれるわ……っ」

「あー……それなんじゃがな。本人に伝えるのはちょっと待ってくれんか」

「？　ど、どうしてなの……？　町をあげて歓迎するわよ……？」

「うむ、それはのー。サクラノ、どうしてなんじゃ？」

メメナは妖しく微笑み、サクラノを横目で見つめた。

狡噛サクラノ。先日の激戦でも勇猛果敢……むしろ、戦闘狂っぷりを発揮していた女の子だ。

町の荒くれ者たちとも楽しく喧嘩していたようで、彼らが『姉御』と呼ぶぐらいには上下関係をわからせている。

そんな子が、今はモジモジと恥ずかしそうにしていた。自分とは歳が近いが、まるっきり正反対な女の子だ。

「そ、それはですが……。えっと、ですね……」

サクラノは耳まで真っ赤になっている。

「ハミィっ!!!!!!」

「ひゃ、ひゃい!?」

「し、師匠の強さが知れ渡ったら……有名になるわけで？　そうなったら師匠との修行が減るでしょうし……。ハ、ハミィも魔術訓練が減るのではなかろうか……と……」

有名になって相手してくれなくなった彼を、ハミィは想像した。

痛い。胸がとても痛くなる。彼との時間が減ることは、強くなる機会が減るということ。強くなりたい自分は、だからこんなにも胸が痛くなるのだと思った。

「……せ、先輩にはまだ秘密にしておきたい、かも」

「そ、そうでしょう？　ええ、ええ……っ！」

二人は気持ちを共有したかのように、首を縦にぶんぶんとふった。

そんな二人を、メメナは楽しそうに見つめている。

「お主たちはホント可愛いのー」

サクラノが顔を赤くさせた。

怖い女の子だと思っていたのに、ハミィはなんだか親近感を覚えた。

メメナも親しみやすい子で、和んだハミィは二人に呼びかける。

「あの……みんなの旅に同行することになった、ハ、ハミィだけど……」

「うむ」「はい」

「こ、これから……よろしくね。メメナちゃん、サクラノちゃん……っ」

友だちに呼びかけるように、ハミィはそう言った。

二人は……特にサクラノが驚いた表情でいた。

もしかしてイヤだったのかと思い、ハミィはすぐに謝る。

「ご、ごめんね……。この町の若い子は、もっと暮らしやすい場所に行くから同世代の子はほとんどいなくて……。だ、だから友だちみたいに呼びたかったの……い、イヤだよね……」

サクラノはしばし呆けていた。

「狡噛流のわたしに……友だち……」

そして、ちょっと恥ずかしそうに微笑む。

「……イヤではありませんよ。光栄です」

「うむうむ。メメナちゃんかー、可愛くて良いぞ♪」

二人の優しい笑顔に、ハミィは自然と笑みがこぼれた。

「う、うん、よろしくね……っ」

◇◇◇

王都グレンディーアの裏通りで、剣士がコソコソと歩いていた。

ケビンだ。

父親の権力を笠に着て、好き放題していた男は、屈辱感と劣等感に苛まれていた。今の彼には、町の楽しげな笑い声がぜんぶ自分への嘲笑に聞こえる。

子供の無邪気な視線すら自分を馬鹿にするものだと感じていた。

しょんべん漏らしのケビン。命乞いのケビン。

エルフとの外交をぶち壊して、王都の貴族から睨まれたケビン。

父親の権力で抑えていた彼の悪評は、決壊した川のように流れに流れていた。

「オレは……オレは……。お前らとは……ちがうんだ……」

言い返すこともやり返すこともできず、ケビンは下唇を噛む。尊大だった表情はすっかり自信を失い、人の目を気にする情けない顔つきになっていた。

傲慢なケビンが、人相が変わるほど堕ちたのにも理由がある。

父親、シャール公爵の言葉が決定打になったのだ。

『才がない分、甘やかしていたが……。育て方を間違ったようだ。すまない、ケビン』

息子のせいで発言力を削がれたシャール公爵はそう告げた。

叱責ではなく、謝罪。ケビンにはそれが一番堪えた。それでも貴族の権力は失われないだろうと高を括っていたのだが。

『当主の座？　……ケビン、お前に継がせるものは何もない。だから私は、お前が冒険者になると言っても咎めなかっただろう』

受け継がれてきた血はどうするのかとケビンは吠えた。

『遠縁の者を養子にもらいうける。……あるいは、分家筋のザキに継がせるか。寡黙で命令に忠実すぎるところはあるが、兵から慕われる相《そう》だ。実の息子より鍛えがいがある』

自分のお目付け役が、跡継ぎ候補。実の父親は本気でそう言ったのだ。

お前にはなんの期待もしていなかったし告げられてしまい、ケビンの根底が崩れ去る。

持たざる者が親の威光をふりかざして、力がある存在だと立ち居振る舞っていただけ。すべてを剝がされた後は何もない。最初から何もない。何も、残らなかった。

「ふざけんなバカども……。オレはお前らとは違うんだ……。見ていろ……これからオレが進む栄光の道を……」

ケビンは虚勢をはるので精一杯だった。

自分には何もないと一番知っていたからこそ、彼は己の未熟さを認めることができなかった。

そして人の目を避けながら、冒険者ギルド前までやってくる。

魔法使いの少女グーネルと大盾の男ザキが、入り口前で待っていた。

グーネルは慌てて近づいてくる。

「ちょ、ちょっと遅いじゃないの！　今日はクエストを受けるんでしょ⁉」

「……なんだお前。まだいたのか」

「ゆ、悠久の翼の一員なんだから当たり前じゃない！」

グーネルは媚びたように笑うが、ケビンは少女の腹積もりは察していた。

グーネルも弱者をいたぶってきた。恨まれていないわけがない。他のパーティーにこっそり移ろうとして、手酷く追い返されたのも知っている。あまりに恨まれすぎている少女は、ケビンの側にいればとりあえず自分に批難が集中しないと踏んだのだ。

（ふん……。オレの周りはクソカスばかりだ）

ケビンは舌打ちし、そして冒険者ギルドに入る。

そんな彼に待っていたのは、新たな屈辱だった。

「――オ、オレに、下水道の掃除をしろだぁあ!?」

ケビンは怒鳴り散らすが、カウンター先の受付嬢は涼しげに受け流した。

「下水道でモンスターの発生率が高くなっているようです。一掃をお願いします」

「オレがなんでクセー場所に……！　兵士にやらせりゃいいだろうが！」

ケビンは睨みつけるが、受付嬢は無表情でいた。

彼女の汚物を見るような瞳に『黙れ。しょんべん漏らし野郎』と暗に言われているようで、ケビンは押し黙る。

「この依頼は、あなたが以前とりなした約束とうかがっております」

「あん？」

「下水道でモンスターが湧いたとき、兵士の代わりに討伐するのですよね？」

ケビンは眉根をひそめた。門番野郎を侮辱するための口約束だったが、本当に依頼されるとは思わなかったのだ。

「誰がそんな依頼をするか！　バカか！」

「……『そんな依頼』もこなせない人に、他の依頼を回すとお思いですか？」

親の威光を失ったバカ息子が。

受付嬢のそんな見下した瞳に、ケビンの頭に血がのぼるが、グーネルが止めた。

「ケ、ケビン……やめときなって……」

「んだよ!?」

ケビンはそう叫んでから、気づいた。

冒険者たちがケビンを見つめている。また問題を起こすなら叩きだすだけじゃすまないぞと、強い瞳で睨んでいた。

ケビンは内心怯えたが、虚勢をはる。

「……チッ、依頼書をよこしやがれ！」

どーせあの門番がやっていた仕事だ。さっさと終わらせてやる。そう、ケビンはまだ他人を認めることができなかった。


王都の下水道。暗い暗い深淵に届きそうな広間。

ザキは大盾が半壊しながらも懸命に立っていた。

グーネルは腰を抜かし、泣きながら必死に杖をふっていた。

「ひぃいいいいいい!?　こ、こないで！　こないでよう!?」

見たこともないモンスターがそこら中に湧いている。狂暴で凶悪で、自分たちが逆立ちしてもかないっこないモンスターばかりだ。

ケビンの剣はとっくに折れている。心なんて、黄金蜘蛛に無様に負けたときから折れていた。

頭を抱えながら地面にうずくまり、どうすれば許してもらえるのか、強敵相手に考えるようになっていた。

「……ごめんなさい、ごめんなさい、ごめんなさい」

彼は、冒険者として完全に終わっていた。

四章　ただの門番、女将が女神だと気づかない

山脈を越えた俺たちは、グレンディーア王国領に入る。

ボロロ村の村長と黄金蜘蛛スタチューに、メメナを会わせるという当初の目的のため、林道を歩いていた。

あと俺が門番の仕事をクビになってないか、確かめなければ。

「ううっ……門番の仕事をクビになっていたらどうしよう……」

「師匠！　諦めましょう！」

俺の前を歩いていたサクラノが、めちゃ元気よく言った。

師匠の職を案じてくれないらしい。

「……サクラノは師匠が無職でもいいのか？」

「かまいません！」

「む、無職の師匠なんて誇れないぞ？」

「師匠は強ければそれでいいのです！　倭族に強い無職はいくらでもおりますので！」

サクラノはふんすと鼻息を漏らした。倭族の社会どーなってんだろ。

ううんと考えこむと、俺の隣を歩いているメメナが言う。

「獣人からもらった資金があれば、しばらく働かんでも困らんじゃろー」

「まあ、そーなんだけど」

「このまま流れ者の生活でもええんじゃないか？」

ちなみにメメナはさりげなく俺と腕を組めるポジションがお好みだ。

まだまだ甘えたがりの年頃なんだな。

たまに胸や太ももをチラリと見せつけるので、ちょーっぴりとドキマギさせられるが。

「俺さ。元公僕じゃないか」

「兄様は王都の兵士じゃったな。それが？」

「突発的に稼いだお金はすぐに消えそうでさ……。自分で働いたお給金でないと不安になるというか……。やっぱり安定した職業が良いんだよ……」

最近、流れ者が板についてきて、思うところはある。

すると、ちょっぴり離れて歩いていたハミィが言う。

「せ、先輩は、魔術工房が欲しいの……？」

「え？　い、いや別に」

「な、なるほど……。つまり旅をしながら結界を作りたいわけね……」

ハミィは何か盛大な勘違いをしているようだ。どーも俺のことを偉大な魔術師と思いこんでいるらしい。

訂正しようとも考えたが、彼女の強さの源泉は思いこみだ。俺の技術で魔術めいたことをするのは確かなので訂正はやめていた。

しっかし、ツッコミが少ないパーティーだ。

サクラノ（ボケる）。

ハミィ（ボケる）。

メメナ（基本ツッコミだが、面白くなるなら黙る。悪戯を仕掛ける）。

純正ツッコミ人間は俺だけか……。困ったな。

と、三人娘がわちゃわちゃとおしゃべりをはじめた。

「師匠ー、倭族の国に行きましょうー。イクサ漬けの日々を送りましょうよー」

「倭族の国は面白そうじゃのー。弓術の武人と争ってみたいもんじゃ」

「ハ、ハミィもお手合わせしてみたいかも……。負けるのわかってるけど……」

物騒な話題をしているなあ。強くなる目標があるからか、ハミィも武闘派か。ほんと、見事に武闘派集団だ。一般人代表としては平穏にいきたいものだ。

俺はみんなに呼びかけた。

「とりあえずボロロ村に向かうためにも、王都で馬車に乗ろうか」

正直、王都にはあの貴族の子弟がいるので行きたくはないが。

……思い出しただけでも腹が立つ。あいつ、今も好き放題してんだろうなー……。ああでも、俺を心配していた兵士長に無事でやっていることは伝えておきたいな。

「……兄様」

「どうした？　メメナ」

「周りの様子がおかしいぞ」

メメナが真面目な表情をするときは要警戒だ。俺はロングソードに手を添える。

仲間たちも各々の武器（ハミィは石を拾っていた）に触れていた。

すると、霧が林道に出てくる。

最初は全身を撫でるような薄い霧だったが、あっというまに雲の中に迷いこんだような一面真っ白な世界になる。

濃霧だ！　どうして突然⁉

またトラブルか⁉　最近多すぎない⁉

「みんな無事か⁉」

「大丈夫です！」「問題ないぞー」「ぶ、無事だよう……！」

近くから三人の声はする。でも気配が希薄になったような。

感覚がズレた気がする。どこかで味わったような感覚だが。

「兄様、この霧はメメットの森に張られていた結界に近いな」

「……何かしらの術ってこと？」

「感覚が微妙にズレておるじゃろ？　こちらの意識に働きをかける術じゃ。この霧も、本物の霧ではないかもしれん」

「幻影の可能性があるのか……。メメナ、対処法は？」

「この手の解呪は特殊じゃ。使い手を倒せば早いが、まあ姿をあらわさんだろうな」

術者がのうのうとあらわれるわけないか。

「これほどの術となれば、神性の類いじゃがのぅ……。うーむ」

メメナの姿は見えないが、かなり困惑しているようだ。

解呪したくても俺たちの中に専門家はいない。術者を探そうにも感覚がズレたままでは気配探知もまともに機能しないか。ただの霧なら、剣をふれば消えるのだけどな。

「みんな、注意しながら進もう」

俺がそう言わずとも、三人は気を引きしめたようだ。

しばらく、濃霧を歩きつづける。寒さを感じない奇妙な霧は、確かに普通のものじゃなさそうだ。

前方はうっすらと明るい。罠かもしれないが、俺たちはそれを目標に進む。

前方の光に近づくたび、霧がだんだんと晴れてくる。

俺が警戒すると、シャンシャンと音が聞こえてきた。なんだか楽しそうな音に、サクラノがつぶやく。

「……祭囃子《まつりばやし》みたいですね。祭りをやっているのでしょうか」

濃霧の次は楽しげな音か。

霧に住まう怪物の話を思い出して、俺はいつでも剣を抜けるようにした。

「……せん。……せん」

声が聞こえる。それも複数だ。

せん？　なんのことだ？

「お……せん〜。おん……せん〜」

「温泉〜、それは〜、心の洗濯〜」

「温泉〜、それは〜、日常の癒し〜」

霧がぶわりと消える。

——そうして晴れた視界の先には、三階建ての大きな民家が林の中に建っていた。

我が目を疑ったのは、着物姿の女性たちがずらりと横に並んでいたこと。

彼女たちは笑顔でシャンシャンと鈴を鳴らしている。

「食べて長寿の源。浸かれば美肌。打ち身、すり傷、心の疲れも癒してさしあげましょう。ここは戦士が安らぐ温泉宿」

正面玄関前で、金髪少女が俺たちに微笑む。

「おいでやすー、温泉宿ヴァルーデンにー！」

怪しさしかない温泉宿が、俺たちの前にどでーんとあらわれた。

◆

俺たちは宿の玄関口まで通される。

着物姿の女性たちが全員の荷物を持とうとしたので、俺は断りつつ宿内を観察した。板張りの廊下はツルツルで、生け花が飾られている。石が敷きつめられた中庭があり、豪華絢爛《ごうかけんらん》とはいわないが風情のある宿だ。

サクラノ曰く「わたしの国の宿場に似ている」らしい。畳なるものがあったとか。

土足厳禁のようで、俺たちは靴を脱いでからエントランスにあがる。

金髪糸目の女の子がニコニコしながら出迎えた。

「遠路はるばる、おこしやーすっ！」

「はあ……望んできたわけではないのですが……」

得体はしれないが、接客業相手に横柄《おうへい》な態度はしづらい。敬語になってしまう。

「ご縁があったのでしょうね。ではではー、ゆっくりと休んでいってくださいねー」

糸目の女の子は丁寧に頭を下げた。

怪しい。怖いぐらいの美少女だが、どこか作りものめいた美貌だ。

俺はもう率直にたずねた。

「いったいあなたは何者なんです？」

「私は温泉宿の女将でございますよっ、お客様！」

糸目の女の子はうしししと笑う。

「……あの、仲間が怯えているので、変に誤魔化すのはやめてくれませんか」

ハミィは青白い顔でガタガタとふるえていた。手厚い歓迎に疑心暗鬼になったようだ。

「ハ、ハミィなんかに手厚い歓迎……。っ、捕まって奴隷にされちゃうの……？」

ガチな怯えっぷりに、糸目の女の子が苦笑した。

あとサクラノもカタナに手を伸ばしているので、マジでさっさと答えて欲しい。

「仕方ありませんねー。怯えられるのは私としても不本意ですし」

糸目の女の子はハフーと鼻息を漏らし、ひかえめな胸をはる。

そしてドヤ顔で名乗ってきた。

「私の名はキルリ！　戦士に安らぎを与える、癒しの女神でーーーすっ！　どーぞどーぞ、いーっぱい刮目してくださいねっ！　女神なんて滅多にお会いできないですよーっ？」

女神？　もしかして残念な子か？

俺が自称女神をいぶかしんでいると、メメナが口をひらいた。

「戦士を癒す女神キルリは知っておる。崇拝しているエルフの氏族《しぞく》がおるでな」

「そーなのそーなの！　私ってば崇拝されちゃう存在なのー！　さーすが永久《とこしえ》の守り手メメナ＝ビット！　よくご存じで！」

「……ワシのことを知っておるようじゃな」

キルリはチッチッチッと指をふった。

「あなただけではありませんよー？　稀血の狡噛サクラノ！　獣人界の暴れ牛ササミの娘こと、ハミィ＝ガイロード！　目ぼしい子はちゃーんとチェックしてるんですっ」

キルリはどややーと胸をはってくる。

俺はちっとも女神っぽさを感じないのだが、メメナは疑心暗鬼な表情だ。何か彼女に感じているのか？

「お主からは……確かに神性を感じられるが……」

「たはーっ！　私！　女神オーラ滲みでていたかーっ！」

ちょっとうるさい子だな。

メメナも眉をひそめている。

「……女神キルリは有能な戦士に癒しを与えることで、世界に平穏をもたらすと聞いておる」

「そーなんですそーなんです！　だから、こーして癒しにきたわけですよー！」

「しかし、じゃ。彼女のお眼鏡にかなう戦士はそうおらんとも聞いておるぞ。それこそ勇者と評される強さがなければ……あー」

メメナは突然何か理解したように「あー」と言った。

サクラノも一緒に「あー」と言った。

ついでにハミィも「あー」と言った。

なになに？　三人とも納得したような顔だぞ？

「おわかりいただけましたー？　女神キルリとその眷属《けんぞく》たちが誠心誠意サービスしますので、みなさんぜひぜひ英気をやしなってくださいねー」

「うむ、そうさせてもらおうかのぅ」

「わたし、温泉は久しぶりですー」

「ハ、ハミィ、温泉は初めて……」

三人とも、宿に泊まる気か!?　なんで!?

「待て待て待て!?」

「どうしましたかー?」

女神キルリはむふふーと笑っている。

うさんくさい。特に糸目なのが怪しい。後で盛大に裏切りそうだ。そもそも女神が簡単にあらわれるわけないのに、三人とも素直に信じている。彼女たち『自分には勇者級の強さがある』と思ったのか?

三人とも才あふれる子たちだ。年齢も若いし、自分を大きくみがちになるのかも。いや、ハミィの性格で自分を大きくみるのはありえないか。

まるで意識を操られたみたいだ。そこで俺はぴーんっときた。いつもの直感だ。

さっきの霧を、メメナは『意識に働きかける術』だと言っていた。それと同様の術を使い、彼女たちが『自分には勇者級の強さがある』と思うようにしたとか。

もしキルリが巧みに意識の隙をついたのだとしたら、油断は一切できんぞ。

「……お客様、どうされました。……温泉、イヤでしたか?」

キルリはちょっと不安げに聞いていた。

何を白々しい。

「私も癒しの女神として試行錯誤してきたわけで……。このおもてなしの形が戦士たちに一番ウケがよかったのですが……」

おのれ邪悪な存在……らしき子めっ、俺は騙されんぞ!

俺はみんなに目を覚ますように言おうとした。

……待てよ。この子が術者とは限らないのか？　もし術者が他にいる場合、俺がこの子を糾弾すれば隠れてしまうかもしれない。そうなれば、術者は俺たちを霧で彷徨わせつづける手段にでるかも。

メメナも解呪は特殊と言っていたな。

ここは騙されたフリをして相手の懐に飛びこむか。俺は笑顔で応える。

「そんなことないですよ。温泉、楽しみにしますね」

キルリはにぱーっと笑う。

「よかったー！　めっちゃ頑張りますんで！　いーっぱいいいーーっぱい癒されてくださいね！　そしてぇー！　あなたが世界を救ったあかつきには！　私のおかげですと、ちゃーんと宣伝するように！　私への信仰がガッポガッポになるんで！」

世界を救ったあかつきとか、また大仰なことを。

俺を持ちあげて油断させる気だろうな。


自称女神に案内されながら、俺たちは板張りの廊下を歩いていた。宿の空気は凛としている。ほどよく張りつめた空気は心地がよい。

俺がそう感じていると、キルリが自慢したそうに話しかけてくる。

「どーです！　どーです！」

「何がでしょう？」

「温泉宿ヴァルーデンは、現世と隔絶された場所にあるんですよーっ。良質な気が溜まりやすく、戦士は心身が研ぎ澄まされていくのですっ！」

あの世的な場所にあるってことか？

不意を突くつもりで敵陣に飛びこんだが、かなり危険な場所のようだ。俺の背中に冷たい汗が流れるが、どうにか笑顔をつくる。

「そんな場所に呼ばれるなんて光栄です」

「うひひっ。まーぁ？　女神たるこの私のお眼鏡にかなったわけですから？　それぐらい殊勝な態度でいるのは当然のことですねー」

キルリはぷすぴーと鼻息を漏らした。

傲慢なこの態度。やはり女神ではないな？

気を引きしめた俺とは裏腹に、三人娘の表情はお軽い。

「師匠ー、体の感覚が鋭くなった気がしますー」

「ワシも魔素の調子が良いな。魔導弓を連射できそうじゃのう」

「ハ、ハミィも……今日は大魔術をつかえそう……」

彼女たちは術のせいでキルリを少しも疑っていない様子。

術師は相当優れた使い手のようだ。だというのに、どうして俺だけは『自分が女神に選ばれた勇者級の戦士』と思わないかだが、心当たりはある。

将来有望な彼女たちは違い、俺は身の丈を知っている。自分がめっーーちゃ強い戦士だなんて、勘違いする年齢でもないのだ。

俺は表面上ニコニコしながらも警戒しつつ、キルリの説明を聞く。

「この宿は滞在するだけで能力が向上したり、体力魔力の上限値があがったりする、お得な術式を組みこんでいるんですよー。そりゃあもう手間暇かけましたっ」

嘘吐きは真実を混ぜながら嘘を語るらしい。

おそらく、術式は組みこんでいるがよくないものだ。きっと。

みんなに早く告げるべきだろうか、しかし術者が誰なのかまだわからない。敵を欺くなら味方からとも言うし、まだ気づかないフリをしつづけるか。

と、キルリが部屋の前で立ち止まる。彼女が襖《ふすま》なるものをあけた先には、畳が敷きつめられた部屋があった。

風通しのいい部屋で爽やかな風が頬をなでる。

キルリは畳の縁《ふち》を踏まないようにしずしずと歩いていき、俺たちにふりかえる。

「こちらが英雄の間でございますっ」

どうですかーどうですかーといった彼女の表情に、俺は調子を合わせた。

「す、すごいですね！　部屋の空気がいちだんと澄んでいます！」

「そーでしょうそーでしょう！　この部屋は一番工夫を凝らしていますからねー！」

「一番罠を……いえ工夫を。どんな工夫か聞かせてくれませんか？」

「それはぁなんとぅーーーー！　温泉付きのお部屋なんですっ！」

三人娘、特にサクラノが嬉しそうに驚いた。

サクラノは懐かしそうに部屋を眺めている。故郷を思い出したみたいだ。

俺はさらに探りを入れる。

「でも、それだけじゃないのでしょう？」

「流石私が見こんだお客様！　お目が高い！」

キルリはここだけの話ですよと言って、声のトーンを下げる。

「実はこの部屋、仲間と一緒にお食事したり、お風呂に入ったりすることで経験値の共有ができるのです。寝食共にするだけで、強くなれる特別な部屋なんですよー」

「そ、そんな便利な部屋なんですね……！」

そんな都合の良い部屋あるわけないだろうが！　いくら俺が田舎者でも、甘い言葉にホイホイ引っかかると思うなよ！

「女神パワーでめっちゃがんばりましたからねー」

キルリはしみじみと言った後、俺たちを見つめてくる。

本題はこれからだと言いたげな表情に、俺は警戒度をあげた。

「それで、お客様。誰と一緒がよいですか？」

言葉の意味がわからず、俺は首をかしげた。

誰と一緒がよいってなんだ。

「すみません、言葉の意味が……」

「特注部屋ですからねー、効果が発揮できるのは二人までなんです。効率を考えればそうですね、お客様と……お嬢さま三人の中から一人選ぶのがよろしいかと」

そう言われて、俺は三人に視線をやる。

サクラノは部屋を共にしたそうだったが、すぐに恥ずかしそうに目を伏せた。ハミィはあわあわと落ち着かない様子。メメナは面白そうにニンマリと微笑んでいる。

戸惑っていた俺に、キルリが甘い声で告げてきた。

「もちろんー、お楽しみに励んでも経験値は共有できますよー？」

お楽しみとはなんのことだ。

サクラノに視線をやっても、彼女は耳まで真っ赤になって答えてくれない。ハミィはさらにあわあわするし、メメナはそりゃあもう嬉しそうだ。

「ふむふむ、それは面白そうじゃのー」

「……メメナ？」

「兄様は誰を選ぶんじゃ？　大事な選択じゃから心して選ぶといいぞ♪」

含みのある物言いだな。もしや、メメナも術を察しているのか？　敏い少女のことだ。騙されているフリをしているのかも。

「お客様ー。それでー、誰を選ぶんですぅー？」

キルリはニマニマと薄気味悪く笑っている。

自称女神はこの部屋が一番工夫を凝らしたと言った。とんでもない罠が仕掛けられている可能性は高い。それに、キルリの『お楽しみ』発言も気になる。

彼女にとって楽しいことが、ここで起きるのかも。

だったら、幻影に詳しい少女を選ぶことにしよう。

「メメナだ。メメナが、一番具合が良い」

俺の選択に、メメナが目を丸くして驚いた。頬を染め、珍しく恥ずかしそうにしている。

「ワ、ワシか……？　煽ったのはワシじゃが、兄様から求められるとは……。ちょっと驚いたぞ。ワシは小さな体なわけじゃし……うむ、か、かなり驚いた」

メメナは乙女みたいに胸を押さえている。なんだろ、その反応。

サクラノとハミィは、この話題に触れていいのか困ったような表情だ。

妙な空気に俺が頬を掻いていると、キルリがにこやかに言った。

「お客様は、その趣味でしたか」

その趣味って何さ。


『後はお二人でごゆっくり』

キルリはそう言って、英雄の間から去って行った。部屋には俺とメメナだけ。他二人は別室だ。

畳にあぐらをかきながら静謐な空気に浸っていると、ちゅぽりちゅぽりと水が弾けるような音が聞こえる。

メメナが女の子座りしながら棒付きの飴玉を舐めていた。

「っちゅ……っちゅ……」

よほど甘味が欲しかったのか、夢中で舌を這わせている。

「ねろー……ん……っちゅ……」

銀髪少女の舌がチロチロと蠢くたびに、飴玉が溶けていく。垂れた雫を上手に舌でからめとり、飴玉を口に出し入れしていた。

「ん……っ♥　ぢゅぼ……ぢゅ……んっ……♥」

メメナはほんのりと頬を染めながら愛おしそうに舐める。

すごいな、もう飴が溶けそうだ。

俺、ついついかみ砕いちゃうからな。

「ちゅ……んっ♥　れろー……♥」

メメナは舐めきって、ちゅぽんと口から棒を離す。完食して満足したのか、舌なめずりしている。

獲物を狙うかのような瞳で見つめてくるので、俺はちょっと気圧された。

「す、すごい夢中に舐めていたな」

「何せ久々だからのうー。ちょっと練習じゃ」

練習とは？　やはりメメナも意識に働きかける術に気づいているのか。飴玉を舐めるのは解呪のために必要な儀式の練習だった、とか。

誰が聞いているかわからない。俺はなるべく明言せずに告げる。

「練習の成果、後で俺に見せて欲しい」

メメナの頬がカーッと赤くなる。

「お、おおう……まさか、そう言うとは思わなかったぞ……」

「す、すまない……もう少し遠回しに言うべきだったな……」

「いやいや、ええんじゃよ。ええんじゃ」

メメナは体が熱いのか、両手でパタパタと顔を煽いだ。

それから、嬉しそうに頬をゆるませる。

「ふふっ……この歳になって求められるのも悪くないのぅ。うむうむ、精一杯励むでな。兄様も期待するといいぞ♪」

この歳になって求められる？

もしかして、子供には負担のかかる解呪方法なのか。

「俺、無理させてないか……？」

「？　無理とはなんじゃ？」

「そりゃだって……メメナはまだ子供だし……」

「小さい体だと遠慮することはないんじゃよ。ワシは理解があるほうじゃ」

「だ、だけど負担になるのなら……」

「そうじゃなー、あまり激しすぎるとワシは壊れてしまうかもしれんが……」

やっぱり負担のかかる解呪なのか⁉

俺が心配そうにすると、メメナは自分の膝をぽんぽんと叩く。母親のような慈愛の笑みを浮かべ
「はようおいで」と言ってきた。

俺がぼけーっとしていると、少女に手を引っぱられる。

「わっ」

俺の頭はメメナの膝にぽてんと着地する。すぐ目の前に、少女の綺麗な顔があった。

柔らかい太ももに居心地の良さを感じていると、メメナがささやくように語りかける。

「ワシはな。兄様に感謝してもしきれんのじゃよ」

「俺、何かしたっけ？」

メメナはくすりと笑う。

「ワシの……ワシたちビビット族の運命を変えてくれたじゃろう？」

「？　精霊王は勝手にいなくなったわけだし……ビビット族が独立したのは彼らの強い意思によるものだろう。俺は門番として見ていたからわかるよ。俺は特に何もしてない」

「……門番としてか。兄様はそーやって、みなを見てくれるのじゃな」

メメナが俺の頭を優しく撫でる。

こそばゆくて気恥ずかしいが、逆らうことはしなかった。

「その視線が嬉しかったのじゃよ。種族の垣根を越えて、森や……ワシたちを守ろうとしてくれた兄様に嬉しくなったのじゃ」

メメナが俺の瞳をのぞきこむ。吐息が俺の鼻をくすぐった。

もう少しで唇が触れあいそうで、俺は少女だとわかっているのにドキリとした。この子のこうした大人びた仕草には惹きこまれる。

「兄様がワシを求めるのなら、応えない道理はなかろう」

「メメナ……」

「それとじゃが……。ちょ、ちょっと激しいぐらいが好きじゃよ。ワ、ワシ」

メメナは照れながら言った。

いつも飄々としているが、頼られるのは恥ずかしいようだ。

「わかった。メメナ、ぜひお願いするよ」

「う、うむ。そう面と向かって言われると体が火照るのぅ」

メメナの体はぽかぽかと温かい。

汗ばんでもいるみたいだが、解呪のための準備だろうか。

「それでは兄様、温泉でまずは体を清めようか」


部屋に備えつけの温泉。

俺はこぢんまりしたものかと思っていたが、部屋よりずっと広かった。脱衣所を抜けた先は、露天風呂になっていて、湯船からは立派な竹林を眺めることができる。

俺は体を洗い流してから湯船に浸かる。

カコーンと音が鳴った。このカコーンっていったいなんだろな。快適だ。驚くほど快適だ。

体が芯からじんわりと温まりつつも、涼しい風が頭を冷やす。竹林が風でザアアッとゆれるたびに、心が和む。

もしかして、本当にただの癒しの温泉宿なのか？

俺が勘違いしているだけじゃ……。

「いやいや、油断するなよ。俺っ」

「なんのことじゃ？」

タオルで体の前を隠したメメナが、ちゃぷりと湯船に入ってくる。

メメナは肩まで浸かると、俺の隣で気持ちよさそうに足を伸ばした。

「はふー、良い湯じゃのう……」

「あ、ああ……」

相手が子供とはいえ、流石に目のやり場に困るというか……。

メメナの体はところどころ大人っぽい。

胸はぺーたんと子供なのだが、尻や太ももは肉付きが良い。艶がある。両腕を伸ばして見える脇、うっすらと浮かぶあばら骨に視線が誘導されてしまう。

素肌に張りついたスケスケのタオルは……なんというかだっ。

いかんいかんいかんっ！

メメナは解呪方法を試すために、一番怪しいこの風呂に入ってくれたようなんだ。

よこしまな考えは捨てろ、俺！　お前は熟女好きだろ！

「…………」

一応、俺は我が槍に視線をやる。

よかった……ご起立していない。

旅に出かける前、性欲減退の術を魔術師に施してもらってはいる。

なぜなら冒険ではムラムラが厄介だからだ。

ムラムラが高まりすぎると、集中力の欠如につながる。

男女混合のパーティーにおいても、トラブルの原因は大半がムラムラだ。ダレソレが野営中に励みすぎて、その隙をモンスターに襲われたなんてよくある話。恋愛トラブルにも発展する。だから冒険で遠征するとき、性欲減退の術はわりと必須だったりした。

ただ、我が槍がしばらくご起立しなくなるわけだから勇気はいるが……。

「じーーーっ」

と、メメナの視線に気づく。

少女は我が槍に視線を注いでいるようだった。

「ど、どうしたんだメメナ？」

「や、その、なんじゃ。確認というか……兄様のサイズ次第では覚悟を決めなければいかんし……。

あ、あはは」

メメナは誤魔化すように笑いながら、まじまじと見つめてくる。

「うーむ、大きいのう……。この時点でこれか……入るかのう……」

ど、どこかに入れるのか!?

我が槍がどこかに入ることで成しえる解呪なのか!?

メメナは指をひらき、我が槍のサイズを目測しながら、お腹に押しあてている。

その仕草に、ちょっとムラリときてしまう。

「うむ、大丈夫じゃろ。兄様、もうええぞー」

「お、おう……」

あのままジロジロと見られていては、背徳感諸々で危なかったかもしれない……。

俺が胸をなで下ろしていると、メメナがつついと近寄ってくる。そして少女は太ももにのっかり、
正面から抱きあうよう腕を俺の腰に回してきた。

「メ、メメナ!?」

「さーぁ、前哨戦で軽ーく一発じゃ♪」

近い近い近い!? 濡れた柔肌とか、ぽかぽか体温がめっちゃ伝わってくるんだが!?

メメナの熱い吐息に意識が奪われかけて、俺は慌てて確認する。

「……そ、それで、ここからどう解呪するんだ?」

メメナにしか伝わらないように小声で告げる。

「…………解呪?」

「みんなの意識に働きかけている術を解呪するんだろ。……メメナが何も知らないフリをしているの

は、術者を探っているんだよな？」

「なんじゃそれ？」

「俺たちが勇者級の戦士なんてありえないじゃないか。あの自称女神、怪しすぎるよな」

「あー……。兄様、そーゆー勘違いを……」

メメナはちょっとガッカリした表情だ。

「え……？　お、俺、何か勘違いしていたか……？」

するとメメメは妖しく目を細める。

「いーや。根本的なところでは勘違いしておらんぞ。そうじゃのう。サクラノやハミィは術が効いておるようじゃから、ワシら……兄様がなんとかする必要があるかものぅ♪」

面白いことを思いついたみたいに、メメナはほくそ笑んだ。


風呂からあがった俺は、部屋で一人お茶を飲んでいた。

メメナは先にあがり、サクラノとハミィを順番に呼ぶと言った。

ついでに、こうも小声で説明してくれた。

『兄様の推察どおり、ワシらには何かしらの術がかけられている』

『？　俺たちの意識に働きかける術じゃないのか？』

『それは術の指向性じゃな。術の本質ではない』

『えっと……？』

『本質とは術で成しえる目的じゃ。なぜかけたのか、かけたうえでどうなるのか。解呪するためにはそれらを詳しく探る必要がある。でなければ術者は見つからん』

術をかけた目的か。

『兄様は女神のお楽しみ発言が気になっておるのだろう？』

『あ、ああ……。この部屋に泊まらせる理由があると思う』

『ワシも同意見じゃ。今から二人を呼んでくるが、この部屋で彼女らがどんな反応を示すのか、兄様はじっくりと観察してほしい』

『……やっぱり温泉が怪しいか？』

『うむ。温泉には必ず一緒に入るよーに。もし彼女たちが妙な反応を示せば、術が働いているのかもしれぬ。そーなったら彼女たちに何がしたいかを聞いたりして、ガンガン攻めるんじゃぞ。ためらってはいかんぞ』

『お、おう……』

『兄様にも術の影響があるかもしれんが、そのときは性欲……心の声に従うんじゃ』

大事なことじゃからな、ともメメナは強く言った。

『がんばるよ、メメナ』

『うむうむ、これでみなの関係が深まるというものよのう。二人には兄様から妙なお願いがあっても従うよう、それとなく言っておくのでな♪』

メメナはすっごく面白いことになりそーといった感じで微笑んだ。いや邪推だな。俺たちをエッチな関係にしたいだなんて、幼い少女が考えるわけがない。

俺はメメナの言葉を信じて、術の目的を探るだけだ。

と、か細い声が襖の向こう側から聞こえてくる。

「……先輩」

ハミィだ。

「遠慮しないではいっておいでよ、ハミィ」

「……で、でもぅ。ハミィなんかがハミィなんかが……。だ、第一夫人をさしおいて……エッチなご奉仕プレイだなんて……」

「待て待て待て待て待て!?」

俺が慌ててツッコミをいれると、小さな悲鳴が聞こえた。

俺はこほんっと咳払いして、落ち着いた声で話しかける。

「俺に妻はいないよ」

「で、でも……メメナちゃんが、サクラノちゃんは第一夫人だって……」

第二夫人はメメナだろうか。

何を考えているんだ。これも解呪のためなのか?

「きっと言葉のあやだよ」

「……ホント？」

「ホントのホント。それにハミィたちは妻とかじゃなくてさ。大事な仲間だよ」

襖がスス――ッとひらかれる。おずおずと微笑むハミィが顔を見せてくれた。

「ハ、ハミィは大事な仲間なんだ……」

ハミィは背中を丸めながらやってきて、俺と少し離れた場所でちょこんと座る。

恥ずかしいのか、遠慮しているのか。

「え、えへへ……ハミィは大事な仲間……」

両方かもしれない。

「ハミィはパーティーを組むことはなかったのか？　ダビン共和国はダンジョン攻略が盛んだって聞いたけど」

「ハミィの町は採窟中心だから……。たまに湧くモンスターを倒すだけ、かな」

ダンジョンはモンスターが湧くだけじゃなく、素材も豊富だ。特に鉱山がダンジョン化した場合、珍しい鉱石素材が集まる。

大荒野は天然資源が豊富なこともあり、ダンジョンコアを破壊せずにそのままにして、採掘・採集で生計を立ててるらしい。

ただ、ほうっておくとモンスターが湧くので管理は必要だ。

「ハ、ハミィも、みんなと一緒にモンスターを狩ることがあったけれど……。全員でいっせいに襲いかかるみたいな感じで……パーティー戦とかじゃなかったわ……」

モンスター討伐というより、野山の獣狩りに近い感覚か。

俺も故郷でよくやったなあ。

「だ、だからね……先輩たちとああして戦うのは初めてで……。う、嬉しいの。自分の世界が広がったみたいで、狭い世界に気づかされた」

「ハミィ……」

「せ、先輩のおかげだね」

まっすぐなハミィの瞳が俺の心をゆさぶる。

……思えば、キッカケは追放だが、各国を渡り歩くなんて以前の俺は想像だにしなかったな。

「俺もなんだ」

「先輩……も？」

「俺も……みんなと知り合って、初めて世界は広いんだって感じたよ」

「……ホントに？」

「ああ、パーティー戦も最近初めてやったよ」

王都の下水道で、一人で雑魚ばかり狩っていた。

最初はホントに何もわからず苦労したものだ。

今ふりかえれば、同僚に手伝って欲しいと素直に言えばよかったのかもしれない。下っ端の仕事を苦労しているのを誰かに見られたくなくて、プライドが勝《まさ》っていた。

その頃からすれば誰かと一緒に戦うなんて考えられないことだ。

ハミィに言われ、俺も自分の世界が広がっていたことに気づく。

「ハミィのおかげだね」

「そ、そんな……。ハ、ハミィは……たいそうなことはー……」

ハミィは顔を赤くしながら目を伏せた。卑屈じゃなくて、照れたのだと思う。

俺は苦笑しながら、ちょっと言いかえた。

「みんなのおかげだな」

ハミィは顔をあげて、にっこりと微笑む。

「う、うん……っ。サクラノちゃんもね、メメナちゃんもね、とっても優しいの。このままみんなと旅をつづけられたらいいな……」

そう言われ、俺は固まった。

ボロロ村に帰還した後、クビになっていなければ仕事をつづけたい。つづけたいが、その場合はみんなと離れることになるだろう。

サクラノは強者との戦いを求め。メメナは外遊。ハミィは修行。

3人ともボロロ村に留まる理由がない。そうなったら俺は……。

「そ、そういえば先輩……ハミィに大事な用事って？」

と、そうだ。術を探らなければいけないんだ。

俺から変なお願いがあっても従うよう、メメナが伝えてくれているんだよな。

俺はまっすぐにハミィを見つめ、このうえなく良い声で言った。

「ハミィ、俺と一緒に温泉に入ろう」

再びの温泉。

温泉とは何度入っても良いものらしく、どこに溜まっていたのか全身の疲れが抜けていく。

しかしさっきのハミィ、反応が妙だったな。

『はわわわわわわ〜〜〜!?!?!?』

と、慌てふためきながら絶叫していた。まるで俺のお願いが予想外すぎたみたいだ。メメナ……まさかわざと伝えていないとか……。なわけないかー。それだと俺がハミィと混浴したがってるみたいになるし、幼い少女がそんなこと言うはずがない。

気を引きしめて、一番怪しい温泉で術の目的を探るとしよう。

あと、あの爆乳に心が乱されないようにせねばな。性欲減退の術を信じながら湯に浸かっていると、

ハミィのふるえる声がした。

「せ、先輩……お、お隣、失礼するわね……」

ちゃぷり、と湯船に入る音がする。

——————すっご。

本当にすごいものを前にすると、言葉どころか意識すら失うのか……。

ハミィはタオルで押さえているが、隠しきれてない。

冷静を保とうなんて無理だ。だって、乳が、湯に浮かんでいるのだ。

ぷかぷかぷかりと、ものっすごい爆乳が浮かんでいる。

浮き島が二つあるんだよ！　伝説は本当にあったんだ！

牛柄ビキニで全体像は見慣れていると思っていたのに、ああも『柔らかい乳でござい』と浮かばれては意識がふっとんでしまう。

「せ、先輩……見すぎ……」

顔どころか全身真っ赤のハミィの瞳がうるんでいる。

しまったっ、ガン見しすぎた！

「す、すまない……」

「う、ううん……」

ハミィはタオルをきゅっと握った。

俺はなんとか視線を逸らそうとするが、どーーーーしても視線が誘導されてしまう。

落ちつけー……このままでは我が槍がご起立してしまうぞー……。

「でも……。せ、先輩が見たいなら……いいかも……」

「えっ⁉⁉⁉」

俺は食い気味で反応した。

積極的なハミィに違和感を覚えたのと、この爆乳を見ていいとお許しがでたからだ。

「ちょ、ちょっとだけ……だから、ね？」

ハミィは湯船に浮かんだ爆乳を持ちあげてみせた。

す、すご……すご……すご……。って、すごすご言っている場合じゃないだろ、俺！

いつものハミィらしくないぞ。何かしらの術が働いているんだ！　メメナは術の目的を探るために、俺になんて言っていた？

――何がしたいのかを聞いたり、ガンガン攻めろためらうな、だ！

「ハミィの爆乳、いっぱい見させてもらうよ」

「～～～～っ！」

全身真っ赤のハミィは息を詰まらせたかのような表情だ。

何かしらの術が働いたのか!?

「なあハミィ……俺にしてもらいたいことはないか？」

「ふぇっ!?!?!?」

「俺にしてもらいたいことがあるなら、なんだって叶えてあげたいんだ」

「～～……っ」

ハミィはひゅーひゅーと妙な呼吸をした後、唇を重たそうにひらく。

「あ、新しい、魔術を試したくて……」

「新しい魔術？　俺で手伝えることとか？」

「ま、前、先輩にかけたのと同じやつよ……」

前となると、俺の前で爆乳をムニュムニュと蠢かしたのか。ハミィの魔術が思いこみだと知った今、アレはただの痴態なわけだが……。

ハミィの様子もおかしいことだし、見るぐらいなら大丈夫か？

「任せてくれ！」

「だ、だったら……お、お願いするわね……」

ハミィは爆乳を両手で持ちあげて、そして俺に向けてきた。

すご……すご……ここからムニュるんだろう……すご……。

しかし、いつまで経っても爆乳はムニュらない。

どうしたのかと俺が首を長くして待っていると、ハミィはまつ毛をふるわせながら言った。

「あのね、先輩……。揉んでいいわよ……」

「いいのか!?!?!?!?　揉んで!?!?!?!?」

「新しい魔術のため……だから。強くなる……ため、だから。は、肌で直接触れあったらどこまで効果があるのか知りたいだけ、だから……」

ハミィの声がどんどん小さくなる。このままでは彼女の覚悟が消えてしまう。何かしらの術の目的を探るためにも、俺はゴクリと唾を呑みこみながら、彼女の爆乳を両手でぐわしと掴んだ。

「んっ」


「先輩？　せ、先輩？」

「……」

「意識がないの……？　ハミィの魔術、すごすぎた……？　んっ♥」

ぐにゅりぐにゅりと、この世のものと思えない感触が両手から伝わってくる。

温かい。柔らかい。やわやわする。

吸いつくってーか、指が溶けていく……。むにょんむにょんと爆乳が蠢いて、俺の意識は乳へと吸いこまれていく……。

「きゃっ」

ハミィが下唇を噛んだ。

俺はハッと意識が戻る。

「す、すまん……！　強く揉みすぎたか!?」

「そ、そんなことなくて……」

「？」

「魔素の巡りがよくなったのかも……。か、体の感度がよくなっているみたい……」

やはり、この温泉には何かしらの術がかけられているんだ！

確信した俺は、ハミィの爆乳をさらに揉んだ。

「先輩……先輩……！」

ハミィがくすぐったそうに身もだえた。

「ハミィ！　何か気づいたことはないか!?」

「か、体がすっごくポカポカして……温泉の効果かも……っ」

「やはり術のせいか……！」

「術……？　そう術のせいなんだ……！　ハミィがおかしいのは、ハミィの魔術のせい……」

「い、いやそれは……っ」

「先輩……ハミィの魔術はすごい……？」

瞳をうるませ、とろけた表情のハミィ。

彼女の強さの源泉は思いこみだ。否定したくない。事実、今の俺は、魔術にかけられたみたいに爆乳に夢中じゃないか！

「……ああっ！　ハミィの魔術はすごい！　すさまじすぎるよ！」

「え、えへへ……！　ハミィの魔術、すごいんだぁ……♥」

ハミィはされるがままになっているのに全然抵抗しない。

無抵抗の爆乳を、俺はどんどん揉みしだく。

「や……♥　ん……♥」

もにゅもにゅと締るように乳の形が変わる。

ハミィの汗と温泉でツルンッと滑りが良くなっていて、揉みごたえが最高すぎた。

「せんぱい……♥」

ハミィの呼吸は、荒くなっていた。

しばし、おっぱいな時間が流れる。このまますべてはおっぱいになると思われた。

しかし俺は爆乳から手を離してしまう。決して離したかったわけじゃない。嘘じゃない。本当だ。

だが、揉みごたえがありすぎたせいか手を滑らせてしまい、そのまま勢いよく湯船をバシャーンと叩いた。妙な間が流れた。お互いに視線を合わせたまま、無言の時間が流れる。ハミィは間が耐えきれなくなったのか、あるいは、何かしらの術が解けて冷静になったのか、唇をきゅっと結ぶ。

「っ～～～～」

ハミィは茹でられたように全身が真っ赤になる。

そしてタオルをひっつかみ、湯船から慌てて這いあがった。

「さ、先にあがるね……！　先輩……！」

俺が声をかける間もなく、ハミィはどこか嬉し恥ずかしそうに去って行った。


俺は冷たい水を飲みながら、部屋で気分を落ち着かせていた。

まだ顔が熱い。手にも爆乳の感触が残っている。

「ふう……」

ハミィは早々に出て行ったので会話ができなかった。後でまともに顔を合わせる自信がないな。

でも、術の目的がわかった気がする。消極的なハミィの様子がおかしかったし、俺も爆乳に夢中になりすぎていた。

きっと、エロ関連だ。術者が俺たちをエロエロにしたがる理由がまったくわからないが、エロに仄暗い情熱でも秘めているのだろう。だが、もうエロ展開にはならないと思う。

順番的に次はサクラノ。

サクラノは美少女だ。可愛い女の子なのはよく知っている。

それと同時に荒ぶる者とも知っている。

初めて出会ったときは斬りかかられたし、何かと強敵の首を落としたがるし、対話するよりまず喧嘩な子だ。

何かしらの術があろうと俺はサクラノでムラムラしない。まがりなりにも俺は師匠であるかぎり、絶対だ！

俺は平静を取りもどすと、足音が聞こえてくる。

そして襖が勢いよくひらかれた。

「師匠ー！　お呼びですかー！」

「――――」

サクラノは変わった服を着ていた。

着物に似ているがちょっと違くて、もっと着やすそうなものだ。

「？　師匠どうしました？」

「いや服が……」

「これは浴衣ですねっ。部屋に備えつけてあったので着てみましたっ」

サクラノはその場でくるりと回る。

彼女の黒髪と淡い色がよく似合っていて、可愛さが増していた。

「師匠、どーでしょう？　けっこー似合っていると思うのですが」

「あ、ああ、すごく似合っているよ」

「ほんとですかー？　可愛かったりします？」

サクラノがお気楽にたずねてきた。

「…………すごく可愛い」

「えっ？」

サクラノの頬が赤くなった。

女の子らしい反応に俺がドキドキしていると、サクラノが恥ずかしそうに歩み寄ってきて、俺の前ですとんと座る。

サクラノはちょっとだけ視線を逸らしてから、言いづらそうにたずねてきた。

「し、師匠！　その、ですね！　メメナやハミィとは……もういいのですか？」

妙に遠回しな言い方だ。サクラノも何かしらの術を察しているのかと、俺は小声で答える。

「まだ探りを入れている最中だ」

「？　何をでしょうか」

「何をって……そりゃあ敵の策略だよ」

「……何かまた勘違いをしたのですね」

俺が頻繁に勘違いしているとでも言いたげに、サクラノはなんか勝手に納得していた。

この様子だと何も察していないか。

俺が水を飲むと、サクラノも湯呑にお茶を淹れて飲みはじめる。

しばし、お互いに沈黙する。

緊張感とか全然なくて、そよそよした風を受けながらのまったりした間。……急に無言になっても全然苦じゃないな。サクラノとは一番時間を共にしているんだよなあと旅をふりかえっていると、彼女がうへへーと頬をゆるませた。

「どうしたサクラノ。嬉しそうだな」

「師匠と二人きりになるのは久々だなと思いまして」

可愛い言葉に俺は頬が熱くなり、慌てて水を飲む。

「……そ、そーだな。最初は二人だけの旅だったものな」

「仲間との旅も良いものですが、ふふっ……以前のわたしからは考えられませんね」

そう言って微笑んだサクラノに、どこかかげりが見えた。

俺は少し気になっていたことをたずねる。

「サクラノ……稀血ってなんだ？」

「…………それは」

「言いにくいならそれで良いんだ。忘れてくれ」

「いえ……師匠には知って欲しいことですし」

サクラノはテーブルに湯呑をことんと置き、居住まいを正した。

俺も正座になる。

「狡噛流は争いがたえぬ倭族の中でも、武闘派な集団でして」

それはサクラノを見ていればよくわかるな。

「……強さを保つために血を濃くするのです」

「血を濃く？」

「強者の血、特殊な才を持った血、戦闘に秀でた者との交配ですね。そして狡噛流が交配するうえで特に重要視していたものは……気性です」

サクラノは右目を手で隠した。

「いかに強くあっても臆病者であれば戦えません。死地でも臆さない気性が必要なのです。……そうして、血の気が多い者とばかり交配しつづけた結果、狡噛流はその身に修羅《しゅら》を宿す術《すべ》を身につけました」

「サクラノの瞳が紅くなるのは……その交配のせいか」

「ええ、わたしは特に血が濃いらしくて……」

サクラノはちょっと眉をひそめた。

狡噛流、か。気性の荒い性格同士で交配しつづけた闘犬と似ているな。

「わたし、一度血が昂るとなかなか興奮がおさまらなくて……。敵にはつい過剰な攻撃性がでてしまいます。噛み癖みたいなものですね」

自覚はあったみたいだ。

「……とまあ、わたしは狡噛流でも扱いづらい子だったので末席扱いなわけで。腕試しの旅をしながら己を律する術《すべ》を探していましたが……ダメでした」

サクラノは困ったように笑い、そして感慨深そうにつぶやく。

「だから……こうして、仲間との旅なんて考えられませんでした」

「……そうか」

「師匠。メメナは、こんなわたしにも母親のように優しくしてくれます。ハミィは、わたしを友だちだと言ってくれたのです」

サクラノの声は戸惑っていた。けれど嬉しさが抑えきれないようで、瞳がいつになく優しい。

「サクラノの旅は出会いに恵まれたんだな」

「はいっ、師匠に出会えましたもの」

俺なんてたいしたことないぞ。

そう言おうとしたが、サクラノの真剣な表情を黙って受けとめる。

「師匠が、わたしの師匠でいてくれたおかげです」

ありがとうございます。

そんなふうに感謝の笑みを向けるものだから、俺も素直に告白することにした。

「俺も、サクラノが弟子になってくれて良かったよ」

「え？　わ、わたし、けっこー迷惑かけてません？」

「……まあ、戸惑うことは多いかな」

恐縮そうに背中を丸めたサクラノに、俺は告げる。

「俺さ。サクラノと出会ったとき、仕事でトラブルを起こして……かなり落ちこんでいたんだ。自分の居場所を失ってさ……お先真っ暗だとも思っていた」

「……師匠がそんなことを」

「そんなときに、血の気の多い子に出会ったもんだから……そりゃあ戸惑ったよ」

でも、と俺はつづける。

「そんなサクラノがいたからこそ、俺もずっと落ちこまずにすんで。勇敢なサクラノがいてくれたから、俺も勇気をだすことができて。サクラノが弟子でいてくれたから……俺も師匠らしくいようと、きちんと立つことができたんだ」

俺は深々と頭を下げる。

「ありがとう、サクラノ」

「そ、そんな⁉　わ、わたしに頭を下げるなんて！　か、顔をあげてください！」

サクラノが恐縮そうに言うので、俺は顔をあげる。

サクラノは申し訳なさそうな顔でいたが、俺が微笑むと微笑み返してくれた。

「……わたし、まだまだ迷惑をかけちゃいますが。お側にいてよいですか？」

「いたらない師匠だけど、よろしくしてくれると嬉しい」

俺とサクラノは、どちらからともなく笑いあった。

なんだろこれ。気持ちが穏やかになるってーか幸せな気分だ。サクラノもいつも以上に可愛く見えて、すごく愛おしい──。

「ところで師匠。わたしに大事な用とは？」

と、そうだ。術を探らなければいけないんだ。

俺から変なお願いがあっても従うよう、メメナが伝えてくれているんだよな。

俺はまっすぐにサクラノを見つめ、このうえなく良い声で言った。

「サクラノ、俺と一緒に温泉に入ろう」


3度目の温泉。

流石にのぼせるかなと思ったが、気持ちの良い温泉は何度入ってもよいもので、体が芯から温まってくる。

しかしさっきのサクラノも、反応が妙だったな。

『えええええええ〜〜〜!?!?!?』

と、顔を真っ赤にして叫んでいた。

まるで俺が強引に誘ったような反応だ。

メメナ……俺から変なお願いあっても従うように伝えたんだよな……？

いや仲間を疑うのはやめよう。

しかし心地よいな。本当に癒しの温泉ではないのかと考えがよぎる。いかんいかん。そう思わせることが策略なのかもしれない。俺はゆったりしながらも警戒は解かないでいると、緊張した気配を感じとる。

サクラノが、カチコチになりながら湯船に入ってきた。

「し、失礼いたしま、しゅ……！」

噛んでいた。

耳まで赤いサクラノは、タオルで前を隠しながらゆっくりと浸かる。

そして緊張した面持ちで俺を見つめてきた。

「し、師匠！　師匠!!!!!!」

「お、おう……」

「き、気持ちいいですね……！」

そう言うサクラノの表情はこわばっていた。

彼女は緊張をほぐそうと手足を伸ばし、湯船でぱちゃぱちゃする。

「か、体がどんどん温まります！　最高の湯ですよ師匠！」

――――綺麗だ。

普段は着物でわかりづらかったがスタイルがいい。

スラリとした手足は戦えるのかと思えるほど華奢で、腹回りは引きしまっている。タオルで隠れているが、形のよい美乳なのがわかった。

性欲減退の術を施していて良かった……。

さっきの会話でサクラノが愛おしく思えた今、術がなければ危うかった……。

そこで俺は、下半身の違和感に気づく。

「？」

視線を何げなく下にやる。

我が槍が、かつてないほどご起立しているだと……？

!?!?!?!?!?!?!?

ど、どうして!?　ハミィの爆乳すら耐えきった術がなぜ破られた!?　サクラノを愛おしいと思ったからか!?

これが愛の力なのか!?!?!?

「師匠……？」

サクラノが不思議そうに俺を見つめてくる。

いかんっ、のっぴきならない諸事情に気づかれてしまう！

「サクラノ!!」

「は、はい！　師匠！」

「俺の顔を見つめて欲しい！　俺もサクラノの顔を見つめるからさ！」

「ふぇええええ!?」

なんとか俺の顔に視線を向けることには成功した。

後は我が槍が沈静化するまで、こうしてお互いに見つめ合っていればいい。……サクラノのうるんだ瞳とか、濡れた唇とか、ほんのり赤くなった肩とか可愛いすぎて、沈静化する気配がないんだが!?

「あ、あの師匠……いつまで、こうしていれば……」

「……もうしばらくだ」

「わ、わかりました……。で、で、では師匠が気のすむまで……」

サクラノのしおらしい表情に、俺はクラリときた。

まずいまずいまずいっ、我が槍がさらに槍化している……！

俺は慌てず騒がず落ち着いて、足の位置を変えながらタオルで完全に隠そうとしたのだが。流石武人なだけあって、彼女は俺のささいな動きから異常を察した。

「？　……ひゃっ⁉」

サクラノの顔面が瞬間沸騰する。

俺も羞恥で顔を赤くしながらどうにか弁解する。

「サ、サクラノ……こ、これはだな……！　これはなんだ……！」

何も、弁解できん！

俺がぷるぷると顔を左右にふると、サクラノは顔をぷるぷると上下にふる。

お互い何も言えない空気でいたのだが、ゴクリと音が鳴った。サクラノの生唾の音だ。

「へ？　サクラノ、い、今のは……？」

「っ〜〜〜〜」

サクラノの興味津々な反応に、俺の全身がカッカッと熱くなる。

まずいまずいまずい、サクラノが愛おしすぎてめちゃくちゃまずい！

性欲減退の術がまったく役に立っていないじゃないか‼‼‼

瞬間、俺にピピーンと閃きがおとずれる。そうっ、いつもの直感だっ！

「そうか……そうだったんだ！」

「し、師匠……？　そうとは？」

「俺たちにかけられた術の目的がわかったんだ……!!」

「あの、また何か勘違いを――」

術の目的に気づき、大興奮した俺はザバーンと湯船を立ちあがる。

完全に固まったサクラノに言ってやる。

「俺はサクラノと子づくりしたい！」

「ふぇ……？」

「俺は！　サクラノと！　子づくりしたい!!!!!!」

竹林に「子づくりしたいー」と俺の声が木霊した。

「ふぇえええええええええ!?」

「落ち着くんだサクラノ！」

「お、落ち……落ち、落ちていられられられ……！」

サクラノは呂律がまわっていない。

「俺はサクラノと子づくりしたい！　1日中！　1週間！　いや！　ずっとずっとサクラノと子づくりしたい！　その衝動が！　メラメラと湧きあがっている！」

「〜〜〜〜〜っ」

サクラノは声も失った。無理もなかろう。それもきっと、絶対にすべて術のせいだ。

「俺たちをムラムラさせる術だとは見当がついていた……。しかし、その目的がわからない。しょせんムラムラ、すぐに発散できる。しかしだ、サクラノ」

「ひゃ、ひゃい！」

俺は我が槍をご起立させたまま、ズズイと近づいた。

「もしムラムラしたとき、魅力的な異性が近くにいればどうする？」

「……そ、その相手で、は、発散してしまうかも？」

「そうなんだよ！　そこがこの術の恐ろしいところなんだ！　何せ子づくりをすれば子供ができる！　戦士に子供ができれば、子育てをしなければならない！　この術はな！　穏便に戦士を引退させるための術なんだよ！」

どうだーっと俺が力説するが、サクラノは我が槍に夢中だ。

おのれ術中か！

「サクラノは俺と子づくりしたいか⁉」

「〰〰〰〰〰〰〰〰〰〰〰〰」

サクラノは顔面真っ赤のまま口をあわあわと動かし、ボソリとつぶやく。

「師匠と……子づくりしたいです……」

「そうだろう⁉　俺もなんだ！　俺もすーーーーーごく！　サクラノと子づくりしたいんだああああああっ！」

すさまじい術だ。

もし気づかなければ、俺はこのままサクラノと子づくりに励んでいた。

ふっ……術の目的がわかってよかったな。お互いに子づくりしたいとわかった今これで……余計に気恥ずかしくなっただけだ！

俺もサクラノも顔をうつむけて固まってしまう。

何も言わない。何か言ってしまえば空気が壊れかねない。そんなときだった。

「お客様⁉　どうされましたか⁉」

「兄様ー、なんぞ面白いことを叫んでいたようじゃがー？」

「ど、どうしたの、先輩……⁉」

キルリと、メメナと、ハミィが浴場にやってくる。

そうして俺は、ご起立した我が槍をみんなにご披露してしまうハメになった。


あの後、キルリからお説教を受けた。

『お湯が汚れるので、浴場での子づくりはマジ禁止です！』

浴場を清潔に保つのはいかに大変かも語られて、俺は平謝りした。彼女の反応から察するに、どうも推理は間違っていたらしい。とすれば俺は痴態に及んだ変態野郎になるわけで、あまりの羞恥に穴にもぐりたかった。

ハミィやサクラノも勢いに任せた自覚があるのか、赤面して何も言わない。

メメナは『まあまあ、お互いに勘違いもあったよーじゃし。勢いで熱に浮かされることもあろう』と楽しそうに笑っていた。話がこんがらがったのは、メメナのせいと察する。

俺たちはなんかこう、こそばゆい空気の中にいた。

ハミィは俺と目を合わせるだけであたふたしたり、サクラノとはちょっと手が触れあうだけでお互いに硬直したりと、モゾモゾする空気だ。

『ええのうええのう。若いってええのう』

そんな俺たちを見て、一番若いメメナが嬉しそうにしていた。

そして、魚介類中心の豪華な夕食が終わり、就寝時間となる。

俺は別室にいた。三人は英雄の間にいる。

流石にあの空気で、三人と同じ部屋に寝泊まりするのははばかられた。

別室の奥。広縁《ひろえん》なるスペースの椅子にもたれ、優しい月明かりを浴びながら、りーんりーんと心地よい虫の音を聞く。

流石にもう、ここは純粋な癒しの宿だと気づいた。宿泊者を癒そうとする気遣いが随所《ずいしょ》に感じられるし、邪悪な気配がまったくない。

女神キルリは優秀な戦士しか選ばないらしいが……。これはおそらく、俺たち全員の力を合わせて優秀な戦士扱いということなのだろう。

ずっと気を張っていたこともあり、ぼんやりとした時間をすごしていた。

と、襖の向こうから声がする。

「お客様、起きていられますか？」

キルリだ。

「はい、起きていますよ」

「夜分遅くに失礼いたします。……少々お話ししたいことがありまして」

俺は少し考えてから返答した。

「どうぞ」

「ありがとうございますーっ」

すすーっと襖があけられて、キルリが部屋に入ってくる。広縁にいる俺のもとまでテコテコとやってきて、対面の椅子にちょこりと座った。

「和んでいますねー、お客様ー」

「ええ……ここは良い宿ですね」

「それはもう女神たる私が管理していますから！　私たちは現世に強く干渉できません。なので、こうやって精一杯おもてなしをしているんですよー」

キルリは得意げにぺかーっと笑った。

人を騙すようには思えない笑顔だ。俺は疑っていたことを恥じた。

「……すみません」

「ほえ?」

「実は、俺たちを騙しているんじゃないかと疑っていました」

「でしょうねー。そんな気がしていましたー」

「あ、あっさりとしてますね……」

「あなたとよく似ている現役の戦士を知っていますからねー」

キルリはケラケラと笑う。

「俺とよく似た人? どんなところがです?」

「その人も盛大に勘違いするんです。思いこみが強いというか天然というか……。自分がめちゃくちゃ強いことも全然気づかないんですよ」

自分の強さに気づかないって、そんなボヤヤンとした人がいるんだ。ああでもハミィも似たようなものだし、いるところにはいるのだろうな。

「でも、その人が勘違いするのも仕方ないんですよね……」

キルリは苦笑した。

どこか陰りが見える表情で、彼女は俺に告げる。

「その人……。魔王を討伐した勇者ダン=リューゲルの末裔《まつえい》なんです」

勇者の末裔。

たいそうな言葉が出てきて、俺はちょっと驚いた。

勇者の末裔が現役の戦士としているんだ。というかだ。

「……勇者の末裔なら、どうして勘違いしても仕方ないんです？」

そうたずねると、キルリは辛そうに微笑む。

俺から少しだけ視線を逸らし、改めて見つめてきた。

「勇者ダン＝リューゲルについて、少しお話ししましょうか」

「？　はい」

「ダンは才あふれる優秀な戦士で、若くして頭角をあらわした人間でした。困った人もほうっておけないお人好しで……。どんな困難でも、たとえ自分より強敵であっても、決して恐れずに立ち向かう。そんな彼を、誰もが勇者と呼びました」

キルリは懐かしげに言い、膝のうえで拳を握る。

「……目立ちすぎたのでしょうね。ダンの故郷は、魔王の手先に襲撃されたのです」

「…………」

「以降、ダンの旅は苦難がつづきます。何せ顔が割れていますし、活躍すれば魔王がすぐに手下をさしむけます。彼の行く先々は戦地となり……尊い犠牲もありました」

キルリは一度深呼吸して、また語りだす。

「そして魔王討伐後。ダンは女神たちに、とある祝福をかけてもらうようお願いしました」

「女神の……祝福ですか？」

「もし後世で魔王が目覚めることがあれば、子孫の力が覚醒するように。そして自分と同じ過ちを踏まないよう、認識が阻害されるように。そんな祝福を……女神たちは勇者の血に数年かけて刻みこみました」

認識が阻害？

俺が解《げ》せずにいると、キルリがじっと見つめてくる。

「他人の印象に残らない祝福です。名前も顔もろくに覚えてもらえず、さらに自分の力さえ誤認するように認識が阻害されます」

「そ、そんなの実生活が困難になるじゃ……」

「その戦士にたいして、好意や悪意があれば認識はできますが……そもそも、知り合うキッカケがなかなか得られないでしょう。活躍しても噂が広がらないですしね」

「だから、その戦士は強さを自覚できないんですね」

「あと、本人があんぽんたんなのも原因です」

「あんぽんたん」

「それもかなりの」

「それもかなりの」

女神にここまで言わせる、あんぽんたんの顔を見てみたい気もする。

しかし、祝福というよりそれは……。

「呪い、ですね」

キルリは俺が思っていたことを先に告げた。

「英雄としての華々しい人生があったのに、凡人として生きなければいけない。たとえ世界に平穏をもたらすためであっても……そんなの人生を奪うに等しい行為です」

キルリは唇をきつく結んだ。その表情は見覚えがある。

貴族の子弟に謝っていた兵士長の表情だ。

精霊王の生贄になろうとしていたメメナの表情だ。

超古代兵器に町を脅《おびや》かされていたハミィの表情だ。

王都から出て行くしかなかった俺も、こんなふうに無力に満ちた表情をしていたのだろう。

「……凡人の人生でもいいんじゃないでしょうか」

俺の言葉に、キルリの目がまばたいた。

「俺は兵士です。どこにでもいる……ただの門番です。道案内したり、トラブルをいさめたり、たまに子供と遊んだり。英雄とはほど遠い人生を送っています」

俺は言う。

「だからこそ、平和のありがたみがよくわかるようになったといいますか……。町を生きる人がどれだけ自分の故郷を大切にしているのか。人は人とのつながりをどれだけ大事にしているのか。そーゆーのがよくわかるようになったんです」

「……」

「もし俺が、英雄としての華々しい人生を送っていたら……傲慢になっていたかもしれません。門番として町のみんなを見つづけたからこそ、そう思えるようになったんです」

貴族の子弟のように、尊大な人間になっていたかもしれない。

「その勇者の子孫も、俺と同じかもしれませんよ」

「同じ、ですか？」

「ええ。どこにでもある、ありふれた大切なものを守れるのなら、自分は英雄じゃなくてもいいと思うかと」

「凡人の人生でもいいと？」

「俺はそうです」

俺の言葉に耳をかたむけていたキルリが、柔らかく微笑む。

本当に女神なのだと思える慈愛の笑みだった。

と、キルリが懐から小瓶を取り出して、テーブルに置いた。

「これは？」

「女神の涙です」

「……何するもので？」

「ただの超強力な身体強化薬ですよー。受け取ってくださいな」

細長い瓶には、桃色の液体が入っている。夜空の星々のようにキラキラと光っていて綺麗だ。

「──王都グレンディーア地下で、魔王が目覚めはじめています。かの地は、勇者と魔王の最終決戦地。本来なら人の心の光で魔王を永久に封じるはずでしたが、やつは人の悪しき感情を少しずつ喰らいつづけ、地下を広大なダンジョンへと変えました」

「………」

「あなたが、ただの下水道と思っていた場所は、魔王城と化していたんですよ」

「…………」

「そう言っても、あなたは認識できないでしょうが」

「…………？」

…………………………なんだか意識がハッキリしない。

やっべ、会話が全然頭に入らなかった。薬についての話だったのかな。

「えっと、この薬はどう使えば？」

「いざというときに【飲んで】使ってくださいな。身体能力が劇的にあがりますよ」

便利なものがあるものだなあ。ただの兵士がもらっていいのかな？

俺は頭を掻きながらペコリと頭を下げた。

「ありがとうございます、女神キルリさま」

「はいなー。がんばってくださいい、勇――ただの門番さん」

そう言って、女神キルリはうへへーっとお気楽そうに笑った。


瞼に温かな日差しを感じて、俺は目が覚める。

俺は、大草原に寝転がっていた。鎧は着ている。荷物も側にちゃんとある。

サクラノやハミィも同じように寝転がっていて、俺はどういうことなのかと混乱した。

「起きたようじゃな、兄様」

俺の隣で、メメナがうーんと背筋を伸ばしながら立っていた。

「メ、メメナ……俺たち、宿にいたよな？？？　まさかずっと幻影だったのか？」

「いんや、体が軽いじゃろ？」

「……軽いな。旅の疲れを全然感じない」

「全部現実にあったことじゃよ。女神の用件が済んだので放りだしたのじゃろう」

あの女神、雑な仕事を……。女神キルリの軽薄な笑い声が聞こえた気がした。

と、俺は小瓶を握っていることに気づく。

「兄様、その瓶はなんじゃ？」

「……これは、女神にもらった薬だよ。身体能力を劇的にあげるんだって」

「ほぅー、ええものをもらったのう。どーやって使うんじゃ？」

あれ、なんだっけ。

薬をもらったとき、意識がハッキリしてなかったんだよな。

えーっと、確か。

「これは、いざというときに……【塗って】使うんだって」

五章　ただの門番、やっぱり気づかない

王都グレンディーア。

数百年前、勇者と魔王が戦った大地は、今は平和を象徴する都として繁栄している。山のようにそびえ立つ城壁が、敵の侵入を防ぐように王都全体を取り囲んでいた。

俺は城壁を見あげながら、王都での日々を思い出す。毎日がめまぐるしくて、慌ただしくて、一人一人の人生がぎゅうぎゅうに詰まったような都だ。

俺のような印象うっすい人間は、なかなか顔を覚えてもらえなくて大変だった。

……同僚たちは、結局俺の名前を覚えずじまいだったんじゃないかなあ。

ちょっと哀愁《あいしゅう》を感じながら、仲間と一緒に正門をくぐる。

その先はすぐに大通りだ。

『ようこそ、王都グレンディーアへ！』

と、門番が元気よく声をかけてくれるだろう。

以前は俺の仕事だっただけに奇妙な気分だ。今は誰がやっているのだろう。

そうして門をくぐり終えて、我が目を疑った。

昼なのに、町は閑散《かんさん》としていたからだ。

「え……？　誰もいない……？」

門番どころか、民がいない。昼夜問わず華やかなはずの大通りは、気味が悪いぐらいにがらーんとしている。

いや、チラホラと兵士が巡回しているが、肝心の守るべき民がいない。

俺が呆然と立ち尽くしていると、サクラノが声をかけてきた。

「師匠ー。建物はいっぱいありますが、人が全然いませんね」

「い、いつもは人で賑わっているんだが……」

「みんなでお引っ越しでもしたんでしょうか？」

そんな馬鹿なと言いたいが、そうとしか思えない閑散っぷりだ。

俺は動揺しながら周りを観察していると、ハミィがガタガタとふるえていた。

「ま、まさか……。せ、せ、世界滅亡の前触れ……？」

全力で悪い方向に考えたらしい。

メメナがそんなハミィの背中を優しくさすりながら言った。

「兄様、馬車を借りる前に、屯所で状況を聞きに行くのはどうじゃ？」

「そうだな……。流石にこのまま王都を素通りして行くのもな……」

慣れ親しんだ王都の様変わりには困惑しかない。あの貴族の子弟と会う前にさっさと馬車に乗りたかったが、そういうわけにもいかないか。

と、俺は視線を感じとる。

数人の兵士たちが紙を手に、俺をチラチラと見つめていた。

「アイツか……？」

「わからん。人相書きも特徴ないし」

「印象うっすいやつなんだろ？　モブっぽいし、アイツじゃないか？」

「とりあえず連行するか……？」

ヒソヒソと話し合っている。

俺が剣呑な空気を感じていると、彼らを押しわけて一人の兵士が手をあげた。

「おーい！　オレだ！　無事だったか！」

「あ……。兵士長……っ！」

俺は見慣れた人物に、自然と表情が明るくなる。

兵士長は王都で何かと俺の面倒を見てくれた人だ。

世間の常識だけじゃなく、いろんな性癖についても兵士長から教わった。兵士長の性癖は『小さな女の子へ母のように接したい』なんだよな。俺が昔を懐かしんでいると、兵士長が急いで駆け寄ってくる。

「王都に戻ってきたのか！」

「ご無沙汰しております！」

俺は頭を下げる。

「元気にやっとるようだな。安心したぞ」

「……兄様、この方は？」

メメナが俺にたずねてきた。

既婚者でもある兵士長は、理想の少女を見つけたみたいな表情で固まっていた。

「兵士長だよ。俺が王都にいたとき、お世話になった人」

「それはそれは、兄様がお世話になりました」

丁寧なおじぎをしたメメナに、兵士長は釘付けになっていた。

「で、出会いに恵まれたようだな。うらやま……いや、結構なことだ」

兵士長の言葉はとても含みがあった。

「ええ、俺にはもったいない仲間です」

「……そうか、心配していたが立派にやっていたようだな」

「ところで兵士長、町の様子がおかしいのですが」

「あ、ああ……」

兵士長は民のいない王都を見渡してから、重々しく告げる。

「王都の下水道がダンジョン化してな……」

「えっ!? だ、大丈夫なんですか!?」

「モンスターは地上にまだ這いあがってはいないが、かなりの広範囲でダンジョン化したらしい」

「そんなことが……。た、民たちは?」

「民は緊急避難させた。大平原に設営した避難区域や、近隣の村に疎開してもらっている。オレたち兵士は、まだ町にいる民を守っているところだ」

王都の危機に唖然としていた俺は、とある約束を思い出す。

「下水道のモンスター討伐、誰もしなかったんですか……？」

「……ケビンの野郎に依頼を出したよ。モンスターは全部退治したと報告もされた」

討伐はしたのか。やつは自信満々に、むしろ俺たち兵士を見下しながら『下水道の掃除ぐらいやってやる』と言ったんだ。きちんと討伐してもらわなきゃ困る。

すると兵士長は苛立ったように頭を掻いた。

「……だがな。あの野郎、嘘を吐きやがった。実際は討伐していなかったんだ」

「はい!? な、なんで……!?」

「下水道のモンスターに、無様に負けたことを知られたくなかったんだとよ。やつのお仲間は二人とも病院だし、状況を語れるのはアイツだけ。おかげで発見が遅れてこのありさまだ」

ふざけた話に、俺は怒りがこみあげてきた。

あれだけ俺や兵士長を馬鹿にしておいて負けた……だと？

負けることは誰にだってある。それは許そう。だけどいくら雑魚モンスターとはいえ、湧いているのを放置して、さらには黙っていたことは許せない。

「仕事を舐めすぎですよっ」

「……お前の気持ちもわかる。オレだってめちゃくちゃ腹が立っている」

「……兵士長」

「それで、なんだがな」

兵士長が俺に何か告げようとした、そのときだ。

兵士たちがガチャガチャと装備を鳴らしながらやってくる。

俺たちは十数名の兵士に囲まれ、そして体格の良い兵士が俺に向かって叫んだ。

「こいつだ！　こいつが例の男だ！」


兵士に連れられて、立派な中庭がある屋敷までやってくる。

どうも俺たちに危害を加えたいわけじゃなく、至急訪ねて欲しい場所があるとのこと。

兵士たちから『お願いですから、どこにも行かないで』とも言われ、かなり面食らった。というかサクラノが兵士に危害を加えかけたので、俺が慌てたぐらいだ。

屋敷内は豪奢な調度品ばかりで、今まで見たことがないぐらい華やかな場所だが。

そんな屋敷で、重装備の兵下たちが忙しなく走り回っている。まるで戦争だ。サクラノたちは俺の後を付いてきている。

ここは、俺に任せてほしいと伝えてはいた。

案内役の兵士が重々しい扉をあける。

そして応接間に通された俺たちは、初老の男と対面した。

「……シャール公爵」

俺を王都から追いだしたケビンの父親。シャール公爵が、応接間で待っていた。

「よくきてくれたね。私の屋敷までご足労いただき、申し訳ない。本来なら私から訪ねるべきなのだが……見てのとおり立てこんでいてね。兵士たちに不手際はなかっただろうか」

「……急に囲まれたので、何ごとかと思いましたよ」

サクラノが暴れかけたので本当にヒヤヒヤした。

「事態は急を要するのでね。君を見かけたら早急にお連れするよう、手配していたんだ」

「それで……俺になんの用でしょう。シャール公爵」

俺はいぶかしみながら言った。

「私はじきに公爵ではなくなる。事態の責任をとるため、降爵となった」

シャール公爵は冷めた視線を横にやる。

そこには、あのケビンが立っていた。

「…………」

ケビンは無言だった。

モンスターにやられた怪我が治ってないのか包帯を巻いている。傲慢な顔つきもすっかり自信がなくなっていて、瞳は色褪せていた。

シャール公爵は息子の不始末の責任をとらされたようだな。

「かけてくれたまえ」

シャール公爵は、ふかふかのソファを手で差した。

俺は仲間に待つように目でお願いしてから、一人でソファに座る。

俺がきちんと座ったのを確かめてから、シャール公爵が対座した。

「王都の下水道がダンジョン化したのは聞いたかね？」

「はい。……あなたの息子が嘘の報告をしたことも」

「……まったくもってお恥ずかしい。……忸怩たる思いだ」

息子を完全に見限ったような声色に、ケビンはびくりと反応した。

「君は下水道のモンスターを頻繁に狩っていたようだね」

「それが仕事ですから。結構湧きますしね。下水道」

「……ああ、君の報告書も読んだよ。ただ、同僚たちからは信じてもらえなかったようだね。『仕事を辞めたいがために、大ボラふいている』なんて思われていたようだ」

ええー……俺の報告書、そんなふうに思われていたのか……。

いやまあ最初の頃は苦労したし、辞めたい気持ちもあった。

詳細を書いても同僚たちは問題なさそうにしていたし、途中からはモンスターを狩りましたぐらいしか書かなくなったが……。

もしかして、そのことを責められている？

「もっと上に訴えるべきでした」

「いいや、いいんだ。おそらく、私でも冗談だと思っただろう」

やっぱりあの下水道、異常すぎたのか。雑魚ばかりとはいえ、モンスターがよく湧くものなあ。

シャール公爵は気難しそうに眉をひそめる。

「……どうも勘違いが積み重なって、今の状況につながったように思える。そして最たる原因は、ちっぽけなプライドを拗らせ、君を追放した愚息のせいだ。自分の非力さを認めることができず、栄光に取り憑かれた息子を甘やかした……私の責任でもある」

父親に愚息と言いきられても、ケビンはつっ立ったままだ。

やつは自分の無様っぷりを無感動で受けとめている。そうしなければ、まともに立っていられないと言わんばかりの態度だ。

……下水道掃除は楽勝だ、なんて言っておいて。

俺はケビンを罵倒してやりたい気持ちを抑えつつ、シャール公爵にたずねた。

「俺に、いったい何をさせたいんですか？」

シャール公爵は無言で立ちあがる。

そして俺の前で膝をつき、額を床にこすりつけた。

「ちょ!?」

「今さら遅いと思う！　しかしダンジョン化した下水道は広大すぎるのだ……！」

「い、いきなり頭を下げられても……」

「兵士もがんばっているが、攻略が難航している！　あの地をよく知り、たった一人で戦いつづけた者の力が必要なのだ！　都合の良い話だと思う！　望みがあれば私の力でなんでも叶えよう！　今一度、君の力を王都のために使っていただけないだろうか!?」

末端の元兵士なんかに、シャール公爵は必死で頼みこんできた。よっぽど人手が足らないらしい。

ケビンは相変わらずつっ立ったままだ。父親の土下座にありえないといった顔でいる。……腹が立つ。不始末を父親に押しつけておいて、ずっとダンマリか。

俺も王都を守りたいし、下水道の雑魚狩りぐらい手伝おう。だけど、このまま首をすんなりと縦にふるのはダメな気がした。

俺は怒りを腹に押しこめてから、シャール公爵に告げる。

「かまいませんよ」

「おおっ!?　では!?」

「ただ一つ、条件があります」

「言ってくれ！　なんだね!?」

「それは――」

俺は、ただ一つの条件を述べた。

ケビンの顔がどんどん青ざめる。

条件を聞いていたシャール公爵は顔をあげて、あっさりと頷いた。

「かまわない。息子の人生一つで、民が守れるのならば安いものだ」

「お、親父!?」

ケビンが初めて大声をあげたが、それまでだ。

ケビン自身にもはや決定権なんてない。

それをよくわかっているやつは膝から崩れ落ちて、情けなくうなだれた。

「オレは……オレは……オレは……オ、オレは……」

オレはオレはとつぶやくだけのケビンに、いささか溜飲が下がる。

これで俺とやつのケリはついた。後は俺が兵士の仕事をまっとうするだけだ。

「それじゃあ、王都の平和を守りにいきますか」

なーんて、ちょっとかっこうをつけてみた。


王都下水道の入り口前。

普段は鉄格子で封鎖されているのだが、今はすべて取りはらわれている。兵士たちが往来しやすくしたようだ。俺は新装備を確かめる。

やっすい配給ロングソードは、エルフの鍛冶職人が鍛えあげた黒銀の剣に。

オンボロ兵士の鎧は、王都の上級近衛兵のみが装備を許される聖鉄の鎧に。

いやあ、お金ってあるところにはあるんだなあ。俺なんかが一生縁のない最上級装備を、シャール公爵はポンと用意するのだもの。下水道掃除をするだけでこんなにも奮発してくれるとは、雑魚モンスターがかなり湧いているようだ。

それと、旅にでる前、兵士長からもらった腰カバンも確認する。

圧縮魔術で見た目以上にものがはいる特殊な腰カバン。

この中には回復剤、女神の涙、そして魔術探石《マーカー》を数十個ほど詰めた。

先行した俺が魔術探石《マーカー》を置いていくので、兵士がそのあとを追跡する流れだ。

全兵力で一気に攻めなくていいのかと、各部署の隊長にたずねられたが。

『罠も結構ありますし、少数のほうが動きやすいんで』

俺の言葉に、各部署の隊長はおっそろしい勢いで首を縦にふった。

……既に何人かが変な罠でもかかったのかな？

とにかく、少数精鋭で攻略する。

以前、俺が王都にいたときはまだ普通の下水道だったから……。どこかで発生した魔素溜まりが、ダンジョンコア化したのだろう。それを目指そう。しかし王都に帰ってくるなり下水道とは、つくづく縁があるなあ。

そう苦笑していると、サクラノが緊張した面持ちでたずねてきた。

「し、師匠！　ここが例の下水道なのですね！」

「うん、サクラノに何度か話していた下水道だよ」

「ここが例の……！　気合がはいります！　猛ります！」

「お、おう……そっか……」

そこまで気合をいれる必要はないんだが。俺の修行場でもあったわけだし、感じるものがあるとか？

と、メメナが魔導弓の具合を確かめながらたずねてきた。

「兄様がいたときと違って、ダンジョン化して広大になったようじゃが？」

「前から下水道の順路が変わっていたし、大差ないよ。濃い気配を辿っていけば、モンスターがよく湧いている場所にたどり着ける」

「順路が変わっていたって……、妙に思わなかったのかえ？」

「？　王都の下水道ならそれぐらい設備が整っているだろ？」

「ははは、兄様らしいのう」

メメナはおかしそうに笑った。

どのあたりが兄様らしいのだろう。王都の下水道に詳しいあたり？

俺がそう呑気に考えていると、ハミィがふるえながらたずねてきた。

「た、たくさんモンスターがいるなら、ハミィは足手まといになるんじゃ……」

「足手まといになんかならない。ハミィの魔術なら大丈夫」

「……ホ、ホント？」

「ああ。それに今日は俺一人だけじゃなく、みんながいるし安心だよ」

三人とも、王都の兵士として十分やっていける強さだ。

下水道は俺が詳しいし、少数精鋭で攻略するにはこのメンバーが最善だろう。

連携のとれない他人とよりは、仲間たちとのほうが圧倒的に動きやすい。

「頼りにしてるよ、三人とも」

俺が笑顔でそう言うと、三人は表情を引きしめた。

「師匠……」

「兄様……」

「先輩……」

いやいやいや、表情が固いなあ。死地に赴くわけでもないし、どーにも肩に力が入っているようだな。

魔王城に攻めにいくわけでもなし、雑魚モンスターしか湧かないぞ。そう言っても緊張がほぐれなさそうだ。

なら、ちょっと場の空気に合わせるか。

「行こう……！　王都を……世界を救いに……！」

「はい！」「うむ！」「う、うん……！」

みんなノリノリだな。

面倒な下水道掃除を手伝ってくれる彼女たちに感謝しながら、俺も世界を救うぐらいの気持ちで挑もうか。


久々にやってきた王都の下水道。

内部はダンジョン化が著しく、すっかりと様変わりしていた。

通路は複雑に入れ組み、壁面には青紫色の炎が燭台に灯っている。中央で流れていたはずの下水がなくなっていて、赤絨毯が敷かれていた。

なんか広間や鍵付き扉も増えているし、全体的におどろおどろしいな。まるで魔王城みたいだ。

いや本物の魔王城を見たことないし、それっぽい雰囲気だとしかわからないが。あと、出現モンスターの種類がちょっと増えていた。

大広間。悪魔の彫像がたくさん並んでいる。

そこで、天井に届かんばかりの大トカゲが炎を吐いてきた。

「狡噛流！　梳《す》き噛み！」

サクラノは迫りくる火炎を臆することなく斬る。無形の炎は、まるで綿が斬り刻まれたかのように散り散りとなった。

火の粉が散る中で、サクラノはカタナを正道に構えながら叫ぶ。

「師匠！　あれがドラゴンなのですね！」

「あれは大トカゲだ！　下水道にドラゴンなんていないさ！」

というわけで、俺はズバババーと黒銀の剣をふるう。大トカゲはグギャアアアアーと強敵っぽい断末魔をあげた。

火炎袋ごと断たれたようで、大トカゲは全身炎に包まれながら灰となっていく。

「……師匠ー、トカゲは炎を吐かないと思うのですがー」

サクラノはちょっと物言いたげに俺を見つめてくる。

「下水道のトカゲは炎どころか電撃を放つぞ?」

「師匠、それは、本当にトカゲなのでしょうか」

「はっはっは、トカゲも多様性の時代なんだぞ。炎や電撃ぐらいが何さ」

「……師匠がそう言うのならそうなのでしょうね」

サクラノは困ったように笑って言った。

彼女の故郷では、炎や電撃を吐くトカゲは珍しいのかもしれない。

とまあ、そんなふうにモンスターを倒しながら下水道の攻略は進む。

今度は魔方陣だらけの大広間。そこには、ぷかぷかと青白い光が浮かんでいた。

青白い光はいろんな魔術を放ち、俺たちに攻撃をしかけてくる。

「光陰破断《アローブレイク》!」

メメナが魔導弓で一発一発渾身の矢を穿つ。ぷかぷかと浮かんでいる青白い光が次々に爆ぜた。

「兄様! こやつらは精霊じゃな!」

「……え? 精霊って人を襲ったりするのか?」

「悪戯で命を奪うものもおる! 自然元素《エレメンタル》と魔素が混ざって生まれた存在じゃからのう! 命の概念がよくわからないんじゃ!」

知らなかった。

今までそうと知らずに倒した精霊もいたのかな。

「ま、天災のようなものじゃし。気軽にバシバシ倒してええぞー」

メメナは悪戯精霊に恨みがあるかのように射抜いていった。

「よおおおし！」

そーゆーわけで俺も気軽にスパパンッと精霊を破裂させていった。

うん、めっちゃ順調だ。一人で狩っていたときと全然効率が違う。パーティーっていいなあとしみじみ思う。

そしてお次は、歯車だらけの大広間。巨大な歯車がゆっくりと噛み合いながら動いている。流石王都の下水道、ダンジョン化すると部屋の種類も豊富になるらしい。

この広間では数十体のゴーレムが襲いかかってきた。

ダビン共和国にいた訓練用ゴーレムによく似ている。

アレよりずっと小型で、飛ばしてくるツボミのような武器の数も少ないが。

「せ、先輩……！　あれってまさか、古代ゴーレム……⁉」

ハミィの声色はこわばっていた。

「大丈夫！　古代ゴーレムでも試作用だ！」

「そ、そうなの……？　レーザー攻撃してくるのだけど……？」

「だって小さいだろう！　小さいなら試作用だよ！」

訓練用よりずっと弱いなら試作用だろう。

「小さかったら試作用なの？？？？？」

「ああ！　ハミィの魔術なら問題なく倒せるゴーレムだ！」

「!?　……う、うんっ」

ハミィは勇気をしぼるように拳を握りしめ、迫りくるゴーレムに貫き手を放つ。

「捻拳《スピンフィスト》！」

ハミィの捻りをくわえた貫き手により、ゴーレムは胴体を貫かれる。ゴーレムはその場でぐるんぐるんと回転した後で機能停止した。

キレッキレのすっごい魔術（物理）だった。

「その調子だ！　ハミィ！」

彼女の思いこみが強さの源泉なら、俺たちは勘違いを訂正しなかった。本人が実力を発揮できるならそれでいいのだ。

俺はゴーレムを剣でボコスカ殴って、全滅させておいた。

いやあ、しかし。

「黒銀の剣！　めっちゃ強いなあ！」

俺は黒銀の剣を高々とかかげた。

やっすい配給ロングソードよりもずっと切れ味が良いし、折れる気配がない。下水道でモンスターの数も種類も増えているようだが、この剣があればお掃除も楽々だ。新しい剣にホクホクしていると、三人娘がヒソヒソ話をしていた。

「師匠の剣、そういえばずっとオンボロソードでしたね」

「うーむ、それで問題なかった兄様はすごいな……」

「せ、先輩の魔術、鋭さが増してない……？」

「おそらく思いこみじゃろうな。強い武器のおかげだと思いこんだことで、実力がさらに引きだされたのじゃろう」

「す、すごい……。お、思いこみで強くなるなんて……流石先輩だわ……！」

「ハミィがそれを言いますか」

なんの話だろう。思ったよりモンスター湧きすぎとか？　もう５００体は狩ったしなあ。晩ご飯前には帰れるかな。ぶーたれても仕方ない、先に進もう。

そーやって、俺たちは王都の下水道をどんどん攻略していった。

一人で狩っていたときと違い、ハイペース。みんなと力を合わせてお掃除するのっていいなあ。こう、一体感がある。

ただ、三人娘は流石に息切れしてきた。

なので小休止を挟みつつ、ちょっとだけ攻略ペースを落とす。

「し、師匠ー。内部は広いし、モンスターもかなりいますねー……ぜぃ、ぜぃ」

珍しく疲れていたサクラノが床の罠を踏む。

バカリと床がひらいた。落とし穴だ。

「きゃっ！」

俺は急いでサクラノをお姫さま抱っこして、空中でぐっと踏んばった。

「大丈夫か？　サクラノ」

「は、はい……油断しました。ありがとうございます」

「落とし穴でぐっと踏んばって、空中で停止できるようにならないとな」

「……それは一生かかっても無理ですよ、師匠」

サクラノが頬を染め、困ったように微笑んだ。

そんなふうに可愛いサクラノにドキドキしながら、攻略は進む。

「せ、先輩すごい……！　空飛ぶ魔術、ハミィ初めてみたわ！」

「兄様がおれば危機感皆無になるのうー」

俺たちの快進撃はつづく。

ズドーン、バカーン、ズギュギュギューン。

ズバシュ、ボボガーン。

ホッペラボペスー。ハニャラベパー。まいうー。

モンスターを軽快にぶっ倒したり、なんやかんやしたり、午後のおやつを食べたりしつつ、下水道の最奥にわりとさっくり辿り着いた。

「ここが最奥か……？」

王都の下水道最奥。

一番大きな広間だが、いたるところに骸骨の燭台が灯されている。

中央には巨大な魔方陣が描かれていて、怪しい儀式場みたいだな。

それに、シリアスな空気が漂っている。

「……何か、いる」

俺はさっきまでの快進撃を頭から追いだして、周囲を警戒する。

濃い気配を辿ってきたのに、ダンジョンコアどころか何もいない。不気味な儀式跡からは瘴気がただよっている。俺たちが神経を尖らせていると、頭の中に直接ひびくような禍々しい声がした。

《――ほう、我のもとまで辿り着く者がこの時代にもおるか》

空間が渦を描くよう歪みはじめる。澱んだ空気が大広間に満ち満ちた。

ビキリッと亀裂音が鳴りひびく、空間が縦に裂け、おぞましい指が突き出てきた。

そして、仄暗い洞穴から這いでるように、ソイツは姿をあらわす。

《我を前にしても正気を保つか。愚物の中でもマシな連中のようだな》

2メートルほどの大男だった。深紅のローブを頭からすっぽりと被り、顔は影でよくわからない。

頭からはローブをつき破って鹿のような角が生えていて、全身をさらに大きく見せている。

紫色のオーラが全身から迸り、大男は空中に浮いていた。

こいつっ、空中で踏んばれる勢か⁉

《くくっ、声も出ぬようだな。少しは楽し――》

「その首もらったああああああ！」

サクラノが突貫していった。

いつものことなので、俺もすっかり慣れたなあ。

《チッ!!》
怪しい男は上昇して回避する。
《この愚物がっ！　我がまだ話をしていただろうが！》
「これで！　終わりだあああああ！」
サクラノにつづいて突貫していた俺は、空に跳ねあがる。
そして剣をまっすぐに斬り下ろした。なぜならボスっぽいやつをさっさと倒して、早く宿でのんびりしたかったからだ。
しかし剣が空ぶる。怪しい男はワープして、上空から俺たちを見下ろしてきた。
《終わりだ、じゃないわ！　まだ何もはじまっとらん！》
「そっちの都合なんて知るか！　今日は疲れたし、早く宿でのんびりしたいんだ！」
《はっ！　愚物が煽りおる！》
「？　煽り……？」
《なんだその反応……まさか本気で言ったのか!?　ぐ、ぐ、愚物が我を侮るか！　だから勝手にはじめるでない！　そこのエルフと獣人！》
メメナとハミィも攻撃をしかけようとしていたので、怪しい男は牽制した。
なんか慌ただしいボスっぽいやつだな。さっさと倒されてくれないかな……。
《ふんっ、ようやく大人しくなったか愚物どもめが。最近の愚物は全員こうなのか？　順序というものが……まあいいわ。我の名を聞けば恐れるだろう》

怪しい男はグチグチと言った後で、両腕を大きく広げた。
《我が名は魔王ヴァルボロス！　数百年前、勇者ダン＝リューゲルにこの地に封印された魔王である！　キサマラ愚物を皆殺しにするために蘇ったぞおおお！》
自称魔王はふははははーと高笑いした。
《くははっ！　怖くて声もでんかっ、愚物ども！》
「ふざけんな!!」
《はん？》
「魔王が王都の下水道にいるわけないだろうが!!　馬鹿にするなよ!?」
《はあああ!?　貴様、伝承を聞いておらんのか!?》
「王都が勇者と魔王の決戦地なのは知ってるさ！　でもさ！　魔王を封印した地に王都を築くわけないだろうが！　安全構造上の問題を考えろ！」
《それは愚物どもの心の光で、我を永久封印するつもりで……！　ええいっ、もうよい！　貴様と話すのは時間の無駄だ！　死ねぃ!!!!!!》
自称魔王は人差し指をクンッと持ちあげた。
すると俺の足元に魔方陣が描かれて、暗黒の炎がたちのぼる。
「うわあああああああ!?!?!?」
「師匠!?」「兄様!?」「先輩!?」
《くははっ、魂すら燃やす暗黒の炎だ！　死んでもなお苦しむがよい……何？》

自称魔王ヴァルボロスは戸惑っていた。

それはそうだろう。暗黒の炎が消えても、俺が無事に立っていたら。

「ふう……焦った。聖鉄の鎧がなければ危ないところだった……」

「師匠ー……鎧は関係ないと思うのですがー……」

「いやいや、やっぱり良い鎧は全然違うよ。防御力が桁違いにあがっているって」

俺は物の違いがわかる人みたいに言った。

「でも全身を庇いきれない……いえ、師匠がそう思うのならそうだと思います！」

サクラノはなんだか無理やり笑ってみせた。

すると鎧の防御力に認識を改めたのか、自称魔王の声色が変わる。

《……ただの愚物ではないようだな》

「ああ、俺はただの門番だ」

《門番？　いや、もういい。貴様と話すだけで疲れそうだ。貴様からは勇者と女神の気配がするし、おおかた縁者だろう。チッ……こんな阿呆が当代か……》

勇者と女神の気配？　女神はキルリのことだと思うが、俺、勇者と関わり合いないんだが。

自称魔王は何か勘違いしているみたいだな。

《余興は終わりだ愚物ども。悔いがあるならば今の内に無様に叫んでおけ。我が多少なりとも笑えたら、手足をもぎながらゆっくりと殺してやろうぞ》

自称魔王はゆったりと空中で漂いはじめる。強者っぽい風格に、俺は気を引きしめて黒銀の剣を構えた。

サクラノもメメナもハミィも戦闘態勢だ。

……すっごく、最終決戦っぽい雰囲気だ。まさか下水道掃除をしにきて、こんな戦いになるなんて思わなかったな。

場の空気にあてられた俺は、それっぽい台詞を叫ぶ。

「来い！　自称魔王ヴァルボロス！」

《〜〜〜〜っ！　貴様の魂だけは残して、永遠に苦しめてやるわ！》

自称魔王が人差し指をふるうと、俺の足元に魔方陣が描かれた。

さっきの攻撃だ！　俺は暗黒の炎をひょーいと避けてやる。

《チッ！》

自称魔王は両手を素早く動かした。

魔方陣が次々に描かれたので、俺はぴょいーんひょーいと避けてやる。

ゴオオオオッと暗黒の炎が連続でたちのぼった。

あっぶねー。あの炎、まあまあ痛いんだよなあ。俺はさっさと仕留めるべく駆けて行き、自称魔王に黒銀の剣をふるう。

「!?　消えた!?」

また空ぶった。例のワープだ。

自称魔王は俺の背後に回り、魔術を唱える。

《魔王尖槍《ヴアルボロススピア》！》

巨大な暗黒の槍が放たれる。

避けきれず、俺の背中に直撃した。

「がっ⁉⁉⁉」

槍の勢いそのままに、俺は壁に叩きつけられる。

「師匠⁉」

「大丈夫！　まだ闘える！」

いってー、流石に舐めてかかりすぎたか。調子にのるな俺、自分は強者なんかじゃない。初めて下水道に来たときは苦労しっぱなしだったろうが。初心を忘れるなと、俺は学ぶつもりで自称魔王と改めて対峙する。相手の動きをよく見ろ。そうして学んできたじゃないか。

「ふうううううううう……」

深呼吸し、そして再度駆けた。先より早く、ずっと早く、ずっとずっと早く。

地を這うように自称魔王の魔術を避けつづけ、さらには壁を走り、天井も駆けつづけて、全方位から観察しつづける。

俺は上空から首を狙った一撃を放つが、またもワープで回避される。タイミングを見計らい、背後に剣をふるった。

ガキンッと、やつの腕と俺の剣が火花を散らす。

《くははっ！　愚物が粘るではないか！》

「お前、本当にただの下水道のボスか⁉」

《……強がりはそれまでだ！　お前はこのまま成すすべもなく死ぬのだ！》

「くっ⁉」

俺は眉をひそめた。

どうしよう。普通に倒せるけど時間がかかるなコレ。ワープがめんどくさいだけだ。他は大したことない。でもマージーで一時間がかかる。あと一日ぐらいはかかりそうだ。今日はいっぱい働いたし、もうみんなとゆっくり休みたいのだが。後続部隊がやってくるのはまだ先だろうし、うーむ。

《泣き叫べ！　命乞いをしろ！　我を少しは楽しませろっ、愚物！》

……女神の涙を使うか？　ちょっと強い相手だし、時間がかかるなら一気にケリをつけたい。でも貴重なアイテムを使うのはなあ……。俺、貴重なアイテムは残しておきたい派だし……。

《どうしたどうした！　もう声も出ぬか！》

「師匠！」「兄様！」「先輩！」

三人の心配そうな叫び声が聞こえた。

彼女たちも半日以上、下水道のモンスターを狩りつづけて疲れているだろうに、今も隙あらば援護しようとしている。

……そうだよ、みんなと無事に帰ることが大事なんだ。

避難した民が、王都に早く帰って安心できるようにするのが大事なんだ。

だったら、ケチっている場合じゃあないよな？

俺はふっと笑う。自称魔王に剣をふるい、再度火花を散らした後、俺は大きく距離をとった。

《くくく、死の足音が聞こえてきたようだな。顔は平静を装っているが、貴様からは怯えの感情が伝わってくるぞ》

自称魔王は無視して、俺は腰カバンから女神の涙を取りだした。

《そ、それは……女神の涙だと⁉》

あれ、知っているんだ。女神特製のレアアイテムだと思ったけど、けっこー有名な薬？

なんだか焦っているようだし、煽りをこめて言ってやるかな。

「そうさ！　これはお前を倒すために女神より授かった……必勝アイテムだ！」

俺は蓋をバキリと割る。

そして、薬を頭からぶっかけた。

どこからか『このアンポンタン～～～!!!!!!　女神の涙は飲み薬ですよ!!!!!!』と、女神キルリの嘆くような声が聞こえた気がする。だが女神がこの場にいるはずない。疲れているようだ。

俺が女神の薬をぶっかけたのを見て、自称魔王ヴァルボロスは無言でいた。

が、すぐに爆笑しはじめる。

《……くははははははははははっ！》

「何がおかしい？」

俺は静かに言った。

《おかしいに決まっておる！　貴様は万に一つの勝ち目をドブに捨てたのだ！　女神の涙を頭から浴

びるとは！　女神め！　愚物の中でも一番の阿呆に渡したとみえる！》
「……そうか、お前には見えないようだな」
《はーぁ？》
「俺から迸る！　この圧倒的なオーラを！」
《いや見えんが？》
見えないのか。いや俺も見えないが。なんかさ。出ている気がするんだ。オーラ。だって、女神特製の薬を使ったわけだしさ。
「お前にはわからないようだな！　民や！　仲間を想うがゆえに発現した、この力を……！」
《……貴様の仲間、まーたはじまったーみたいな曖昧な笑みでいるが？》
俺は三人に視線をやる。
「師匠……！」
「兄様……！」
「先輩……！」
三人とも微笑んでいた。そんなあなたか素敵ですよー、と言いたげな優しい笑みだ。
ふふっ、みんなとの絆を感じるなあ。
「下水道でこもっていたお前には絆の力がわかるまい！　憐れなやつめ！」
《我のほうが憐れんでいるが？》
人と人のつながりがわからぬ憐れな魔物に、俺は黒銀の剣を構えてやる。

「行くぞ、自称魔王！」
《ふん……興味が失せたわ。嬲って殺してや――》
自称魔王ヴァルボロスの右腕がふっ飛んだ。
なぜなら俺がめっちゃ早く駆けて、ズバーッと斬ったからだ。
《なんだと……？》
「万に一つの勝ち目がなくなったのはお前だ！　自称魔王！」
《馬鹿な⁉　薬の効果があるはずが……！》
「お前の勘違いだよ！」
どこからか女神キルリの『あ。はい。思いこみで制限が外れて、なんかさらに強くなったみたいだし。別にそれでいいです』みたいな幻聴がした。薬の副作用だろうか。劇薬なのかもしれない。
《おのれ愚物が！　調子にのるでな――》
「これで！　終わりだあああああ！」
二度目のこれで終わりだ斬《ざん》をお見舞いする。
薬のおかげで身体能力が向上していた俺は、ワープさせる間もなく斬り伏せた。
《く、くくくっ……やるではないか！　だが、これで終わりではないぞおおおお！　我が真の力を見せてやろう!!!!!!》
「これで！　終わりだあああああ！」
三度目のこれで終わりだ斬《ざん》。

姿が変わる前にズバシューッと斬っておいた。

《ふ、ふざけるなよ、愚物……！　変化前だろうが！》

「たいして力が変わらなさそうだし、今斬っても変わらんだろ」

《こ、この我を侮辱しおってえええええ！　こ、こうなれば貴様だけでも殺してやる！　我に施した最終封印を解《と》く！》

「これで！　終わりだあああああ！」

四度目のこれで終わりだ斬《ざん》。

ズバシューッと斬っておいたら流石に休力が尽きたようで、自称魔王ヴァルボロスは《ぐおえええええ！》と叫んで地に伏せる。自称魔王は全身から黒煙を噴きだし、消滅しかかっていた。

勝った……。無駄に耐久力と回避力があるボスだったなあ……もう別形態はないよな？

うん、大丈夫みたいだ。

「ボスは倒したけど……どうメメナ、ダンジョン収束しそう？」

「……魔素がうすれていっておるー。もう大丈夫みたいじゃー」

メメナは流石兄様じゃのうと苦笑していた。

よかったよかった。これで王都に平和がおとずれる。俺が黒銀の剣を鞘に納めていると、自称魔王が怨嗟の声をしぼりだした。

《……これで終わりだと思うなよ、愚物どもが》

「どういうことだ？」

表情を固くさせた俺が嬉しいのか、自称魔王はくぐもった笑い声をあげる。
《くくっ……我は人の悪意を貪る魔物だ。何度倒され、封じこめようとも、我が敗北を認めぬかぎり無意味よ》
「なんだって!?」
《くくっ》
「つまりどーゆーことなんだ!?」
《……貴様にわかりやすく言うとだな。我を倒したところで何度でも蘇る。愚物どもは我に皆殺しにされるのが運命だということだ》
な、何度も復活するなんて、そんなの反則じゃないか!?!?!? 世界の法則に反するなんて、まさか本当に魔王なのか……? だったら、なんで王都の下水道にいたんだよ?
……いや、待てよ。もし魔王であることは間違いないのだとしたら……?
そうか。そうなのだ。そうだったんだ。そうにちがいない。そうであるはずだ。そうだろうと思っていた。
俺はピピーンと閃く、いつもの直感だ!
「みんな、こいつの正体がわかったぞ!」
《……ハア?》
俺は腕を組みながら人差し指を立てて、ツカツカと大広間を歩きだす。賢そうな雰囲気を醸しつつ、俺はみんなに語りだした。

「おかしいと思ったんだ。コイツは魔王と言い張るが、たいして強くない」

《ハアアァ……!? 貴様何を言いだすんだ!?》

自称魔王はぷるぷるとふるえている。

俺の言葉に、もしかして、サクラノが複雑な笑みで手をあげてきた。

「師匠ー、さっきの薬は必要なかった感じですか？」

「便利ではあったよ。コイツは下水道のボスに相応しく、ちょっと強かったしね。ただ、まあ、薬がなくても倒せたな」

《この我が……ちょっと強かった程度だと……？》

正体を見破られて焦ったのかな。あるいは本人が気づいていない可能性もあるのか。むしろその可能性が高い。

メメナはクスクスと笑いながらたずねてきた。

「して兄様、こやつの正体とは？　その様子じゃと確信があるのじゃろう？」

「こいつは魔王にちがいない。だが本物じゃない」

《おい、何を言っておる？　何をふざけたことを……！》

やはり気づいていないようだ。

俺はほんのちょっぴりだけ憐れみながら正体を言ってやる。

「コイツはさ、魔王の空蝉とか、分身体みたいなやつなんだよ!!」

《はああああああああああ!?》

魔王分身体（仮）は絶叫した。

ハミィはおそるおそるたずねてくる。

「じゃ、じゃあ……もしかして、他に魔王がいるの……？」

「だと思う。コイツは魔王らしく立ち居振る舞っているが、あくまで分身体。ここで騒動を起こして注目を集めるのが役割なんだよ。ほら小説でもよくあるだろう。空蟬として登場して、序盤の主人公を翻弄する敵役。コイツは空蟬だから弱いんだ」

「そ、そんな……真の魔王がいて、もう蘇っているだなんて……！」

「蘇っているかはわからない……。コイツで復活の時間稼ぎをしているかもな」

《魔王は蘇っただろうが！　ここには阿呆しかいないのか!?》

なるほど、自分が真の魔王だと思いこまされているらしい。

真っ青になっていたハミィに、サクラノとメメナが耳打ちする。するとハミィは「なーんだ」と言って、安心した表情になった。

二人は何を言ったんだろう？　まあそれよりも魔王分身体についてだ。

「魔王分身体……お前が復活することはない。何せ分身体だからな」

《我は本物だ！　分身体などおらん！》

「だーかーらー、魔王が王都の下水道にいるわけないだろ！　だいたい兵士……それもただの門番に負ける魔王がこの世に存在する？　いないって！」

《貴様がただの門番……？　貴様さっきも同じことを……待て、さては勘違いしているだろう!?　女

神の涙の件といい、さては思いこみの強い阿呆だな!?　女ども言ってやれ！　この阿呆に勘違い野郎だと！》

魔王分身体にそう叫ばれ、女子三人は円陣を組んでゴニョゴニョと相談をはじめた。

「師匠もいい加減自覚してもいいかも……」

「しかしじゃな、魔王を倒したともなれば……誰も放っておかんて」

「せ、先輩と離れ離れになっちゃう……？」

相談が終わったのか三人は円陣を解《と》く。

そしてサクラノが率先して聞いてきた。

「師匠ー。もし真の魔王がいるなら、どうするつもりですかー？」

「……この件に関わった以上、半端はできない」

「と、言うと？」

「旅に出るよ。魔王討伐とはいかないまでも、居場所は探るつもりだ」

俺がそう言うと、三人は魔王分身体に言い放った。

「師匠はただの門番です！」

「うむ！　兄様はどこにでもいる普通のお人じゃ！」

「せ、先輩に負けたからって、じ、自分を大きく見せるなんて最低ね……！」

三人に猛烈に非難されて、魔王分身体は呆然としていた。やつの全身から噴きでる黒煙も増えている。

《バカな……ありえぬ……。我がこんな呆気なく……阿呆どもに……》

「魔王分身体……」

俺は地に伏せた魔王分身体に歩み寄り、目の前で膝をつく。

「……自分が魔王じゃない。そう認めたくない気持ちもわかる」

《……………》

「自分が偽物だなんて認めたくないだろう。自分こそが魔王だって思いたい気持ちはわからなくもない。だがな、勘違いは誰にだってあるもんだ。自分が強いと勘違いしたり、偉いと勘違いしたり……もしかしたらその逆もあるのかもしれないが」

俺は言葉に力がだんだんと入ってくる。

「本当の自分と向き合ってこそ、初めて得る強さがあるんじゃあないのか？　それができないからこそ……お前は、ただの門番である俺に負けたんだ」

ボキリと、心が折れるような音がした。

魔王分身体はしゅわわわわーと、どんどんと煙になっている。

《嫌だ……我は……魔王で……我は……こんなやつに負けたなんて……》

「さようなら魔王分身体。下水道のボスとして、ちょっと強かったよ」

《く、くはははは……、くはははははー…………こんなやつがいる世界など……二度と関わるものか………》

そうして、魔王分身体はかき消えた。

終わった……今度こそ本当に。俺は立ちあがり、みんなに笑顔を向ける。

「みんな、帰ろう！　俺たちが守った町に！」

「は、はい！　師匠、お疲れさまでした！」

「う、うむ！　兄様、なかなか骨の折れる仕事じゃったな！」

「う、うん！　先輩、かっこよかったわ……！」

三人は、なんだか結託したような笑顔を返してくれた。

終章　新たなる勘違いのはじまり

「……ようこそ、王都グレンディーアへ」

門番の声が大通りで聞こえる。

大昔、勇者と魔王が激戦をくりひろげた大地は、今や王都となっていた。荷馬車がひっきりなしに行きかい、商店が建ちならぶ大通りは花が咲きみだれていて、街ゆく人の表情は明るい。

下水道ダンジョン騒ぎから幾日がすぎた。混乱はあったが、王都の民は明るさをとり戻すべく連日大はしゃぎ。建国300周年記念もきちんと行われる予定だ。

魔王分身体に関しては、民に伏せておくらしい。

完全消滅したが悪戯に民の不安を煽りたくないと、まさか王様直々にお願いされては秘密にするしかなく、俺だってみんなの平穏が大事だった。

さて、この華やかさを取りもどした王都で、俺はどんな登場人物になったと思う?

白銀の鎧に身をまとった近衛兵。

豪奢な貴族。知的な学者。平和を謳歌している町民たち。

俺は、そのどれでもなかった。

「……ようこそ、王都グレンディーアへ」

この門番は俺じゃない。

ケビンだ。兵士になったケビンが、門番して働いていた。

「くぉらケビン！　声が小さい！」

兵士長が怒鳴った。

「す、すいません……」

「謝る前にやることがあるだろーが！」

「ようこそ、王都グレンディーアへ!!!!!!」

ケビンは叫びすぎて声が裏返る。

貴婦人にクスクスと笑われ、面白い玩具だと思ったのか悪ガキに尻を蹴飛ばされた。

「こ、このガキ……」

「ケビン!!!!!!」

「ようこそ、王都グレンディーアへ！」

俺がシャール公爵にお願いした、たった一つの条件。

それは『ケビンがただの兵士として、一生涯を国に捧げる』ことだ。

これからケビンはただの兵士として、民を守り続けることだろう。

兵士長が厳しく指導すると言っていたが……前途多難のようだ。

と、兵士姿のグーネルとザキがやってくる。

「ケビンー、巡回が終わったから手伝うよー」

グーネルは他に行くところがないからと言って、ケビンと同じ兵士になった。彼女はいろんなところでコキ使われながら、がんばっているらしい。

ザキは坊ちゃまを今度こそ本当に支えると言って、兵士になった。彼は他の兵に慕われているとかなんとか。

「「「ようこそ、王都グレンディーアへ！」」」

3人のハキハキした声が大通りにひびいた。

ケビンがこの先どうなるかはわからないが、真面目に勤めていればいつか改心するかもしれない。

仲間も、いることのようだし。

「……行くか」

俺は遠くの兵士長にぺこりと頭を下げてから、門をくぐっていった。


以前は逃げるように旅立った王都。今度は自分の意思で旅立つからか、足取りが軽い。

うす暗い門を抜けた先は明るい大平原が広がっていて——俺の仲間が待っていた。

「師匠ー、待ちましたよー」

「遅いぞ、兄様」

「も、もう準備はいいの……先輩？」

サクラノとメメナとハミィ。

俺たちはこれから真の魔王を探す旅にでる。魔王分身体が消滅したとはいえ、真の魔王がいるのなら危機は去っていない。

王族や貴族からは残って欲しいと言われたが、丁寧に断っている。分身体とはいえ、あの禍々しい気配を感じたのは俺たちぐらいだ。民の平和のためにも行くしかない。

これから長く険しい旅になるかもしれないのに、3人がついてきてくれるなんて本当に感謝しかないなと、目頭が熱くなる。

その3人は、円陣を組んでゴニョゴニョと話し合っていた。仲がいいなあ。

「師匠を本当に勘違いさせたままでよかったのでしょうか？　貴族どころか王直々に歓迎すると言われたのですよね？」

「まー、兄様は勇者として王都で歓迎されるじゃろうな」

「先輩……け、賢者で勇者なんてすごい……。そ、それなのに、王族たちは……先輩の旅立ちをよく許してくれたわね？」

「そこはワシらビビット族の政治力をちょこっと使って。あとは兄様本人の意思が決め手じゃな。兄様は貴族社会にいても政治利用されそうじゃし、旅立つ方が幸せじゃよ」

一度、話が途切れる。

「では……師匠にはまだ自覚させない方針で……」

「うむうむ♪　これで安心して兄様の子種をいただけるな、二人とも♪」

「こ、子種!?　わ、わたしは別に……」

「せ、先輩の子種……」

「恥ずかしがることないじゃろー。ワシの息子……今は娘じゃが、めちゃめちゃがっついておるぞ。

素直になればええんじゃよ」

話は終わったのかな？　……3人、特にサクラノとハミィから熱い視線を感じる。

「お、おーい、もういいのかー？」

俺が呼びかけると、サクラノとハミィが顔を真っ赤にして「「ひゃわ！」」と叫んだ。メメナは楽しそうに微笑んでいるしで、いったいなんだろ。

と、サクラノが咳払いしながらやってきた。

「は、はい！　大丈夫です師匠！　大丈夫ですとも！　大丈夫です！」

「そ、そうか、大丈夫なんだな」

大丈夫を念押しされた。

よくわからないが、サクラノたちには改めて礼を言っておくか。

「俺の旅に付き合ってくれてありがとな。長旅になるかもしれないのにさ」

「それは、だってわたしは師匠の弟子ですし！　長旅になれば機会が！」

「機会？」

サクラノはボッと顔を赤くしてから、ぶんぶんと頭をふった。

そして彼女は頬を両手でバチコーンと叩いて、気合を入れる。

「わたし！　狡噛サクラノは師匠の弟子です！　弟子が師匠の旅についていかないなんて、ありえません！」

力強く、まっすぐに言われて、俺は胸が熱くなる。

「……ありがとう。これからもよろしくな、サクラノ」

「はい、こちらこそよろしくお願いします！　ダン師匠！」

「────」

「ダン師匠？　どうされました？」

「サクラノ、初めて俺の名前を呼んだなって……」

教えたことはあるが、一度も呼ばれたことはなかった。

サクラノ自身も不思議そうにしている。

「？　そういえばそうですね……教えていただいたのに……。雰囲気が変わったからでしょうか、急に名前を呼んでみたくなりました」

「雰囲気？」

「凛々しくなったと申しますか、顔が印象に残ると言いますか。お顔がとても……」

サクラノはじーっと俺の顔を見つめてきて、頬を染める。

そして頭をぶんぶんと左右にまたふっていた。忙しい子だ。

「ダン師匠。名前を呼んで欲しいのなら、そう言っていただければ……」

「い、いや、ま、まあいいんだ。好きにしてくれてさ」

俺は顔が熱くなる。

ダン＝リューゲル。村のしきたりで決められたとはいえ、魔王を倒した勇者と同姓同名で名乗るのがちょっと恥ずかしいんだよな。モブみたいなやつが勇者と同じ名前？

そう、からかわれたくもなかったし。

「ダン兄様ー、そろそろ馬車の時間じゃぞー?」

「ダ、ダン先輩ー、ゆ、ゆっくり徒歩の旅でも、ハミィはかまわないかもー……」

メメナもハミィも俺の名前を呼んでくれている。

何がキッカケなのか。

俺たちが本当の仲間になれたからとか? うーんと俺が考えこんでいると、サクラノが俺の言葉を待っていた。

「行こうか、サクラノ」

「はい! ダン師匠!」

サクラノは変わらない笑顔で応えてくれた。

これから俺たちの真の魔王を探す旅路がはじまる。

さあ、勇者ダン＝リューゲルの冒険のはじまりだ!


なーんて。

勘違い発言してみた。

《了》

あとがき

初めまして今慈ムジナです。ご存知のかたはお久しぶりです。

本作『ただの門番、実は最強だと気づかない（サブタイ省略）』を手にとっていただき、本当にありがとうございます。タイトルや表紙からもわかるように、無自覚系最強主人公のハーレム冒険ファンタジーとなっております。追放要素もあります。

だらりゆるりと楽しんでいただけたのなら、それに勝る喜びはありません。

さて、作者の人柄・性根を垣間見るタイムのあとがきですが、SNSが日常にすっかりと根付いた昨今、作者の想いを書きつらねるのはあまり意味がないのもしれません。

が、補足と言いますか、僕を知っている奇特な人向けに少々。

基本的に今慈ムジナは『重い・しっとり・ねっとり』とした作風でした。ラブコメを書いても、どうしてもその側面が顔をだしてしまう人間です。

なので『ただの門番』でわかりやすいぐらいにエンタメを書けて、自分でも驚きました。

僕を知っている人が本作を読めば「まじか今慈の野郎！」「おお今慈！」「なんたる今慈！」「ゴウランガ！」と驚いたかもしれません。いやまあ驚く以前に興味ないだろうなと思うのですが。

作者は、自分の小説のファンでいるべきだと思います。

そんなふうに己に芯があると、やはり筆がまとまりやすいものです。

しかし自分の面白いを追求するほどに、お話の内容はだんだんと良からぬ世界（鬱屈していて、たいへんねっとりした世界）に旅立ってしまいます。

どうしたものかなーと考えぬき、ある日ものすごく単純なことに気づきました。

「面白いと楽しいは別！」

あとは簡単でした。

自分の楽しいを見つめなおせばよかったのです。

そうです。ただの二次元美少女好きオタクが、己を映す鏡に立っていました。二次元アイドル・ハーレム物……さまざまなオタクコンテンツを貪りつづけた自分を抱きしめればよかったのです。愛すればよかったのです。

愛と欲望が混ざりあい、そうして性癖にまあまあ素直な作家が生まれました。

そんなわけで二回目になりますが、本作『ただの門番、実は最強だと気づかない』をだらりゆるり（ここが一番重要）と楽しんでいただけたのならば、それに勝る喜びはありません。

最後になりますが、WEBに投稿していた本作に声をかけていただき、刊行にいたるまでにさまざまな労力を注いでくださった担当さま、関係者さま。そして美麗でフェティッシュで可愛いイラストを仕上げていただいた竹花ノートさま。

感謝の言葉と共に、締めさせていただきます。

本当に、ありがとうございました。

ご縁がありましたら、またどこかでお会いしましょう。

今慈ムジナ

追放された不遇職『テイマー』ですが、
2つ目の職業が
万能職『配合術師』だったので
俺だけの最強パーティを作ります
1巻発売中！
Shitaka Siki
志鷹 志紀
illust. 弥南せいら
最弱モンスターをかけ合わせ
スライム ベビードラゴン ベビーウルフ
ラスボス級の
仲間を作り出す!!!!!!
捨てられテイマーがセカンドジョブで最強無双の魔物使いに!!
©Shitaka Shiki

唯一無二の
～国の全てのギルドで門前払いされたか
他国に行ってスローライフしま
最強テイマー
1～3巻好評発売中！
著 赤金武蔵
Illust LLLthika
幻の魔物たちと一緒に
大冒険!!
【無能】扱いされた少年が成り上がるファンタジー冒険譚！
©Musashi Akagane

ただの門番、実は最強だと気づかない 1
～貴族の子弟を注意したせいで国から追放されたので、仕事の引継ぎをお願いしますね。ええ、ドラゴンや古代ゴーレムが湧いたりする、ただの下水道掃除です～

発　行

2024年1月15日　初版発行

著　者

今慈ムジナ

発行人

山崎　篤

発行・発売

株式会社一二三書房

〒101-0003　東京都千代田区一ツ橋 2-4-3 光文恒産ビル

03-3265-1881

編集協力

株式会社パルプライド

印　刷

中央精版印刷株式会社

作品の感想、ファンレターをお待ちしております。

〒101-0003　東京都千代田区一ツ橋 2-4-3 光文恒産ビル

株式会社一二三書房

今慈ムジナ 先生／竹花ノート 先生

Printed in Japan, ISBN 978-4-8242-0090-7 C0093

※本書は小説投稿サイト「小説家になろう」（https://syosetu.com/）に掲載された作品を加筆修正し書籍化したものです。